BASTEI
LÜBBE

BARBARA CARTLAND

Das Liebespuzzle

Aus dem Englischen von
Esther Facius

BASTEI LÜBBE

BASTEI-LÜBBE-TASCHENBUCH
Band 11974

Deutsche Erstveröffentlichung
Titel der englischen Originalausgabe:
The Love Puzzle

Printed Juli 1993
Einbandgestaltung: Roland Winkler
Titelfoto: Vincente/Norma, Barcelona
Satz: Fotosatz Manfred Schöning, Wiehl
ISBN 3-404-11974-6

Der Preis dieses Bandes versteht sich
einschließlich der gesetzlichen Mehrwertsteuer.

1

1872

»Das ist ja lächerlich, absolut lächerlich!« erregte sich Lady Branston. »So wie ich den Duke kenne, mag er es gar nicht, wenn ein dummes, unerfahrenes Mädchen von achtzehn an seiner Party teilnimmt.«

»Ich weiß nicht, wieso du der Meinung bist, Katrina wäre dumm!« widersprach Lord Branston energisch. »Mein Schwager war außergewöhnlich intelligent, und das gleiche konnte man von meiner Schwester sagen.«

Seine Stimme klang noch energischer, als er hinzufügte:

»Die Tatsache, daß sie nicht im Geld schwammen und im Ausland lebten, deutet nicht unbedingt auf einen Mangel an Geistesgaben hin.«

Die Art, wie er sprach, verriet seiner Frau, daß sie zu weit gegangen war.

Sie konnte ihren Mann zu fast allem überreden, was sie wollte. Aber wenn es um seine Familie ging, war er von erstaunlicher Unnachsichtigkeit. Er war stolz auf sie, sehr stolz.

Die kleinste Kritik an ihr genügte, seinen Unwillen und Widerspruch hervorzurufen.

»Zufällig habe ich mit Lyndbrooke bereits gesprochen«, fuhr Lord Branston fort. »Er hat überhaupt nichts dagegen, daß Katrina uns am Freitag zu seiner Party begleitet.«

Er machte eine Pause, ehe er weitersprach:

»Schließlich hat sein Haus die Ausmaße einer Infanteriekaserne, und es wird nicht die geringsten Schwierigkeiten bereiten, noch eine weibliche Person mehr darin unterzubringen.«

Lady Branston preßte die Lippen aufeinander.

Sie rauschte zur Tür, und ihre Turnüre schwang indigniert hin und her.

»Sehr schön, Arthur«, sagte sie, »wenn du so denkst, sehe ich keinen Grund, noch ein Wort zu diesem Thema zu verschwenden. Gleichzeitig hoffe ich jedoch, daß du dir darüber im klaren bist, welche Verantwortung du für deine Nichte übernimmst.«

Sie schwieg, blieb stehen und schaute ihn an.

»Du wirst dich vor allem vergewissern müssen, daß keiner der Geladenen sich belästigt fühlt, wenn du ein junges Mädchen anschleppst, das nicht die kleinste Ahnung von den Dingen hat, für die diese Leute sich interessieren. Wenn du mich fragst, wird sie sich auf dieser Gesellschaft vorkommen wie ein Fisch, den man aufs Trockene geworfen hat.«

Mit diesem Knalleffekt verließ sie den Raum,

und Lord Branston trat mit einem Seufzer zum Kamin, um sich dort in einem Sessel niederzulassen.

Ich hätte es wissen müssen, dachte er. Die Vorstellung, Katrina im Haus zu haben, ist für Lucy ein Horror.

»Aber was hätte ich sonst mit dem Kind machen sollen?« fragte er sich halblaut.

Als er erfahren hatte, daß seine einzige Schwester und ihr Mann bei einem Eisenbahnunglück in Frankreich ums Leben gekommen waren, segelte er auf der Stelle über den Kanal und reiste nach Amiens, wo sie gewohnt hatten.

Es war ein kleines Haus, das jedoch sehr geschmackvoll und behaglich eingerichtet war.

Er traf seine Nichte völlig fassungslos und verwirrt dort an. Sie begriff nicht, daß sie so plötzlich und ohne jede Vorwarnung allein in der Welt dastand.

»Papa und Mama hatten nur vor, für zwei Tage nach Paris zu fahren, weil Papa ein neues Bild fertiggestellt hatte und sich mit einem Kunsthändler treffen wollte.«

Das Mädchen war sehr hübsch, und trotz des Unglücks, das über sie hereingebrochen war, besaß sie eine ungewöhnliche Selbstbeherrschung. Jedenfalls hatte Lord Branston sie sehr wegen ihrer Haltung bewundert.

Herzlich und ohne Zaudern erklärte er ihr, daß sie in Zukunft bei ihm wohnen und er für sie sorgen würde.

Sie war ihm sehr dankbar gewesen und, wie er glaubte, sehr vernünftig.

Also hatte er umgehend die notwendigen Vorkehrungen getroffen, daß sie in Begleitung einer Anstandsdame nach England reisen konnte.

Auf diese Reise hatte sie alle Dinge aus dem Besitz ihrer Eltern mitnehmen dürfen, von denen sie sich nicht trennen wollte.

Erst als er auf dem Schiff ein wenig zur Ruhe gekommen war, hatte er sich gefragt, was Lucy wohl zu all dem sagen würde.

Lord Branston hatte ein zweites Mal geheiratet, als er Mitte Fünfzig gewesen war. Seine neue Frau war eine äußerst attraktive, gutaussehende Witwe gewesen und siebzehn Jahre jünger als er.

Gleich bei der ersten Begegnung hatte sie ihn fasziniert und bezaubert.

Außerdem entstammte sie einer angesehenen Familie – andernfalls wäre sie für ihn nicht in Frage gekommen –, und es war ihm nur sinnvoll erschienen, daß zwei Menschen, die beide ihre Ehepartner verloren hatten, sich durch eine neue Verbindung gegenseitig Trost und Hilfe schenkten.

Allerdings, wenn sie ganz ehrlich war, mußte sich Lucy eingestehen, daß sie unter dem Verlust ihres ersten Mannes nicht gelitten hatte. Sie war erleichtert gewesen, ihn loszusein.

Lord Branston dagegen hatte den Tod seiner Frau zutiefst betrauert.

Er hatte sie aufrichtig geliebt, obwohl sie nicht in der Lage gewesen war, ihm Kinder zu schenken.

Er hatte sich immer einen Sohn gewünscht.

Und natürlich auch eine Tochter, die er in die Gesellschaft hätte einführen können, in der er eine so bedeutsame Stellung einnahm.

Lucy war ganz begierig darauf, seine angesehenen Freunde kennenzulernen und mit ihm zum Hofknicks im Buckingham-Palast zu erscheinen.

Sie genoß jede Sekunde, in der sie in seinem Haus in der Brook Street und auf seinem stattlichen Herrensitz auf dem Land die Gastgeberin spielte.

Natürlich war sie sich bewußt, daß er sich nichts sehnlicher wünschte als einen Sohn. Sie war auch bereit, ihm einen solchen zu schenken, doch sie betrachtete es als vorrangig, sich in der Gesellschaft zunächst einmal einen festen Platz als anerkannte Schönheit zu erringen.

Außerdem wollte sie als die »geistreiche« Lady Branston bekannt werden, für die sie sich voller Selbstgefälligkeit hielt.

Was sie nicht einkalkulierte und ganz gewiß nie für möglich gehalten hätte, war die Tatsache, daß sie sich verlieben würde.

In dem Augenblick, da sie den Duke von Lyndbrooke zum ersten Mal sah, wußte sie, daß er der Mann war, den sie hätte heiraten sollen.

Er war die Verkörperung des Märchenprinzen,

von dem sie geträumt hatte, seit sie ein Mädchen war.

Daß sie um etliche Jahre älter war als er, machte ihr nichts aus.

Ebenso spielte es auch keine Rolle, daß der Duke ein eingefleischter Junggeselle war, der sich geschworen hatte, niemals zu heiraten, so sehr seine Verwandten ihn auch dazu drängten.

Da sie ihn also aus doppeltem Grund nicht heiraten konnte, gab es für Lucy keinen Zweifel darüber, was sie nun anzustreben hatte.

Für sie war es nur eine Frage der Zeit, bis er ihren Verführungskünsten zum Opfer fallen würde, die sie in den Jahren ihrer Witwenschaft auf eine geradezu perfekte Weise entwickelt hatte.

Vor ihrer Wiederverheiratung hatte sie nicht die Mittel gehabt, der Lilie, für die sie sich hielt, einen ihrer Schönheit angemessenen Rahmen zu verschaffen.

Lord Branston jedoch verhielt sich außergewöhnlich generös, wenn es um Schmuck und Garderobe ging.

Und nachdem sie funkelte wie ein Weihnachtsbaum, war Lucy sicher, kein Mann – und erst recht nicht der Duke – könnte ihr nun noch widerstehen.

Zur gleichen Zeit war ihr aber auch bewußt, daß sie gegen eine nicht unbeträchtliche Anzahl von Konkurrentinnen antrat.

Die große Gesellschaft – an der Spitze der

Prinz von Wales – genoß das Leben. Trotz des Unwillens, der von Windsor Castle ausging.

Es gab keine Lady, die es nicht als besondere Auszeichnung empfunden hätte, wenn es ihr gelingen würde, den Duke für sich zu interessieren.

Lucy vertraute auf ihre Reize.

Aber was sie auf keinen Fall wünschte, war eine Ablenkung von ihrer Person durch ein junges Mädchen, dessen Anstandsdame sie sein mußte.

Ein Mädchen, das sich an sie klammern würde, wie eine Klette. Das befürchtete sie jedenfalls.

Als sie ihr Schlafzimmer betreten hatte, stampfte Lucy mit dem Fuß auf und ließ zu, daß der Zorn ihr schönes Gesicht entstellte.

Sie schaute in den Spiegel und wußte, es würde Folgen haben, wenn sie ihren Gefühlen auf solche Weise nachgab. Kleine Fältchen gruben sich in die zarte Haut, die ihr noch makellos erschien.

Mit übermenschlicher Anstrengung zwang sie sich zur Ruhe und nahm vor ihrem Ankleidetisch Platz.

Lange betrachtete sie ihr Spiegelbild.

Sie war zweifellos sehr verführerisch mit ihrem kunstvoll frisierten Haar, in dem sich die goldrote Abendsonne zu spiegeln schien.

Ihre Augen besaßen das Blau des Mittelmeers.

Die Lippen, die, wie viele Männer ihr bestätigt hatten, geradezu zum Küssen einluden, waren von vollkommener Form.

»Warum sollte ich mir bei einem solchen Aussehen Sorgen machen?« fragte sich Lady Lucy halblaut.

Doch sie hielt es für eine große Last, ein junges Mädchen am Hals zu haben, das zu den diesjährigen Debütantinnen gehörte.

Der Gedanke verärgerte sie aufs neue, und sie war drauf und dran, vor Wut einfach loszukreischen.

Es war nicht nur, daß das langweilige Ding ihr lästig und überall im Weg war.

Nein, sie betrachtete Katrina auch als eine Art Nebenbuhlerin, und sie wollte der einzige Stern am Firmament sein. Der Duke und alle, die sonst noch wichtig für sie waren, sollten der Meinung sein, daß neben ihr alle anderen Schönheiten verblaßten und zu einem Nichts wurden.

Lord Branston war nach Branston House zurückgekehrt und hatte ihr eröffnet, daß seine Nichte Katrina in drei oder vier Tagen eintreffen werde.

Zunächst war ihr gar nicht klar gewesen, daß er beabsichtigte, das Mädchen für immer – oder besser gesagt, bis zu seiner Hochzeit – bei sich aufzunehmen.

»Wäre es nicht besser, Arthur, Liebster«, sagte sie, »wenn deine Nichte die Tage mit einer Gouvernante oder einer passenden Gesellschafterin auf dem Land zubringen würde, bis die Saison zu Ende ist? Schließlich ist sie in Trauer und sollte nicht einmal eine Teeparty besuchen, geschweige denn eine Lustbarkeit.«

»Das ist ein Irrtum von dir«, hatte Lord Branston erwidert.

Als Lucy ihn fragend anblickte, erklärte er:

»Katrina sagte mir, daß weder ihr Vater noch meine Schwester etwas von Trauer hielten. Es ist in der Tat so, wie das Mädchen mir berichtete: Ihre Eltern glaubten nicht an den Tod.«

»Was in aller Welt meinte sie damit?« fragte Lady Lucy mit erhobener Stimme.

»Es ist dir bekannt, daß meine Schwester und ihr Mann in Indien lebten. Offensichtlich kamen sie dort mit dem Buddhismus in Berührung. Sie glaubten daran, daß der Mensch nicht stirbt, sondern ewig lebt.«

»Ich habe noch nie einen solchen Unsinn gehört«, erwiderte Lady Lucy scharf. »Wie können Menschen nur etwas so Dummes, so ganz und gar Unrealistisches annehmen? Du hast schon Tote gesehen und ich auch. Sie waren ohne Leben, atmeten nicht mehr und besaßen keinen Herzschlag mehr. Sie waren eben tot, als man sie in den Sarg legte und diesen in die Erde senkte.«

Lord Branston seufzte, bevor er sagte:

»Ich glaube, es gibt sehr viele Menschen, die in diesem Punkt nicht einer Meinung mit dir sind. Mir selbst ist schon oft der Gedanke gekommen, daß es nur vernünftig und gerecht wäre, wenn all die Anstrengungen in diesem Leben, mit denen wir an uns arbeiten, nicht einfach verloren gingen.«

»Ich habe keine Ahnung, wovon du redest«,

versicherte Lady Lucy entschieden, »aber ich habe auch keine Lust, mir einen derartigen Schwachsinn noch länger anzuhören.«

»Sei's, wie es wolle«, antwortete Lord Branston. »Obwohl Katrina äußerst unglücklich über den Verlust ihrer Eltern ist, hat sie gleichzeitig die feste Gewißheit, daß die beiden zusammen sind und über sie wachen. Sie denkt nicht im Traum daran, ihre Lieben zu betrauern und Schwarz zu tragen.«

Er machte eine Pause, bevor er fortfuhr:

»Sie wird deshalb an den Gesellschaften, die wir geben und die wir besuchen, teilnehmen, als hätte es das Unglück in ihrer Familie gar nicht gegeben.«

»Well. Doch was mich betrifft, finde ich es höchst unnatürlich und ungehörig, daß ein junges Mädchen, das seine Eltern geliebt hat, sich über deren Tod nicht die Augen ausweint.«

»Ich habe dir gerade erklärt, Lucy«, erinnerte Lord Branston seine Frau mit einer Spur von Gereiztheit in der Stimme, »daß sie an ihren Tod nicht glaubt.«

»Wenn du mich fragst, so gehört sie in eine Irrenanstalt«, gab Lady Lucy zurück.

Dann warf sie einen Blick in das Gesicht ihres Gatten und stellte fest, daß sie zu weit gegangen war.

Mit dem sanften, einschmeichelnden Tonfall, von dem sie wußte, daß er ihn unwiderstehlich fand, sagte sie:

»Es tut mir leid, liebster Arthur, daß du deine Schwester verloren hast. Ich weiß, wie viel sie dir bedeutete, obwohl sie im Ausland lebte. Wir sollten natürlich für die arme Waise alles tun, was in unseren Kräften steht.«

»Das wollte ich von dir hören«, sagte Lord Branston ruhig und klopfte seiner Frau auf die Schulter. »Und ich bin sicher, du wirst dich um sie kümmern, ihr bei der Auswahl ihrer Garderobe helfen und alles tun, daß sie ein gesellschaftlicher Erfolg wird.«

In diesem Augenblick zuckte in Lucys Gehirn der Gedanke auf: Je schneller sie das Mädchen vor dem Traualtar hatte, um so besser wäre es für alle Beteiligten.

Als Katrina dann in London eintraf, hatte Lucy bereits die Kleider ausgewählt, die sie dem Mädchen kaufen würde, und sie wußte auch, in welchen Geschäften sie diese erhalten würde.

Was sie nicht beachtete, war die Tatsache, daß sich Katrina auf ihre Weise als eine ausgesprochene Schönheit erweisen sollte.

In dem Augenblick, da das Mädchen das Haus betrat, erlitt Lady Lucy einen regelrechten Schock.

Obwohl sie sich dessen nicht bewußt war, verzerrte sich ihr Gesicht sekundenlang zu einer häßlichen Fratze.

Katrina war einfach zu verschieden von dem Bild, das sich Lady Lucy von ihr gemacht hatte.

Lucy wußte zwar, daß Arthurs Schwester, die

sie nie selbst zu Gesicht bekommen hatte, als ausgesprochene Schönheit gegolten hatte, und daß ihr Mann, in den sie sich unsterblich verliebt hatte, ein ungewöhnlich gutaussehender Mann gewesen war.

Was für sie unbegreiflich war, war die Tatsache, daß ein Mädchen auf die Möglichkeit verzichtete, eine Rolle in der Gesellschaft zu spielen und einen Mann heiratete, der weder reich noch angesehen war.

Von Lord Branston wußte Lucy, daß sich etliche der angesehensten jungen Edelleute Englands um die Gunst seiner Schwester bemüht hatten, gleich nachdem diese die Schule abgeschlossen hatte.

Durch ein Versehen ihrer Eltern war Michael Darley ins Landhaus der Branstons eingeladen worden.

Sie hatten einen »Ersatzmann« bei einer Dinnerparty gebraucht, die sie immer vor dem Ball, der die Jagdsaison beschloß, zu geben pflegten.

Er nahm daran teil mit einem eleganten Peer, der offensichtlich einen Narren an ihm gefressen hatte.

Michael Darley war ein hervorragender Reiter, und auf den Pferden des Peer gewann er sämtliche Jagdrennen, die zu diesem Anlaß veranstaltet wurden.

Obwohl Elizabeth noch keine Debütantin gewesen war, hatten ihre Eltern ihr erlaubt, zu diesem Dinner zu kommen.

Und einige der Gäste hatten die Eltern bedrängt, Elizabeth auch an dem Tanzvergnügen teilnehmen zu lassen.

Das Mädchen trug ein hübsches, aber einfaches Kleid ohne jeden Schmuck, und sie unterschied sich deutlich von den Ladys, die gleichsam mit Schmuck beladen waren und sich in ihren voluminösen Krinolinen kaum zu bewegen vermochten. Dennoch schoß sie den Vogel ab.

Elizabeth war eine Rose unter all den exotischen Orchideen gewesen.

Michael Darley hatte sofort sein Herz an sie verloren und das ihre gewonnen.

Sie warteten sechs Monate, in denen Michael Darley zum fast ständigen Gast im Hause seines Freundes wurde, der ein Nachbar der Branstons war.

Zum erstenmal in ihrem Leben war Elizabeth unaufrichtig.

Sie erfand immer neue Vorwände, um alleine ausreiten zu können, und traf sich heimlich mit dem geliebten Mann.

Auch auf mehreren Gesellschaften in der Grafschaft ergab sich die Möglichkeit, einander zu sehen.

Ihre Eltern fielen aus allen Wolken, als die beiden Liebenden ihnen erklärten, sie wollten sich verloben.

Lord und Lady Branston flehten ihre Tochter buchstäblich auf Knien an, doch zunächst – wie geplant – für eine Saison nach London zu gehen.

Sie wolle doch sicher ihren Knicks vor der Königin machen, bevor sie an eine Heirat denke – gleichgültig, ob mit Darley oder einem anderen Mann.

Doch nichts half.

Elizabeth war verliebt, unsterblich verliebt.

Ihren Eltern blieb nichts anderes übrig, als einzusehen, daß jeder Widerstand zwecklos war, und schließlich gaben sie nach und stimmten der Verlobung zu.

Noch bevor diese Mitteilung in den Zeitungen erschien, setzten Michael und Elizabeth den Zeitpunkt der Hochzeit durch.

Da es offensichtlich reine Zeitverschwendung war, die beiden zur Vernunft zu bringen oder wenigstens zum Warten zu bewegen, kapitulierten Lord und Lady Branston endgültig.

Nie hat es zwei Menschen gegeben, die glücklicher miteinander waren als Michael und Elizabeth.

Sie besaßen kein Vermögen und lebten zum größten Teil von einer kleinen Rente, die Elizabeth von ihrem Vater erhielt.

Nichts zählte für sie – bis auf die Tatsache, daß sie beisammen waren.

Sie machten große Weltreisen, obwohl sie sich dabei keinerlei Luxus leisten konnten, und genossen jeden Augenblick der oft gefährlichen und stets abenteuerlichen Unternehmungen.

Als Michael sein Talent zum Malen entdeckte, zogen sie nach Frankreich, wo man die Kunst mehr zu schätzen wußte als in England. Was jedoch nicht hieß, daß er und seine Frau sich von seiner Malerei hätten ernähren können.

Man zahlte ihm nur wenig für die Art von Bildern, die er malte.

Er liebte es, im Stil jener Männer zu arbeiten, die sich selbst die Impressionisten nannten.

Es störte ihn auch nicht, daß man seine Werke belachte und als Untergang der Kunst anprangerte.

Michael beherrschte jedoch auch die Fähigkeit, im Stil vergangener Epochen zu malen. Er nannte es: Malen zum Lebensunterhalt.

Diese Arbeiten verkauften sich gut, denn sie waren gefällig und phantasievoll.

Die Einkünfte daraus reichten zu einem bescheidenen Wohlstand.

Elizabeth trug Kleider, die sie schön und anziehend aussehen ließen, wie damals, da er ihr zum erstenmal begegnet war.

Sie waren arm, natürlich waren sie arm, aber nur, was ihre Geldmittel betraf.

Ihr Haus war immer erfüllt von fröhlichem Lachen. Sie führten interessante Gespräche, und ihre Aufgeschlossenheit verschaffte ihnen die Bekanntschaft vieler außergewöhnlicher Menschen.

Da es ihnen immer gelang, etwas Geld zurückzulegen, konnten sie in jedem Jahr einen Teil der Welt bereisen, in dem sie noch nicht gewesen waren.

Katrina nahmen sie mit nach Griechenland, als diese fünf Jahre alt war.

Zwei Jahre später bereisten sie die Türkei und ein Jahr danach Ägypten.

Die Verpflegung auf diesen Reisen war oftmals schlecht und die Unterkünfte unbequem.

Doch sie sahen Länder und Sehenswürdigkeiten, die andere Menschen, die für ihre Reisen ein Vermögen ausgaben, nie zu Gesicht bekamen.

Und jedesmal kehrten sie mit Gemälden und Kunstgegenständen zurück, die Michael Darley mit Leichtigkeit verkaufen konnte, weil sie das waren, was er hübsch und gefällig nannte.

Doch vor allem Katrina hatte diese Dinge gemocht.

Als sie in London eintraf, hatte sie nur wenige Kleider bei sich, obwohl ihre Koffer prall gefüllt waren. Sie enthielten nicht nur ihre eigenen Sachen, sondern auch die ihrer Mutter. Und natürlich hatte sie jedes Bild, jede Skizze und sämtliche Sammlerstücke ihres Vaters mitgebracht.

Alles war sorgfältig verpackt in Koffern und Kisten, die sie preiswert auf dem Markt erstanden hatte.

»Ich frage mich, was du mit all diesem Zeug anfangen willst«, sagte Lucy verächtlich, als sie sah, woraus Katrinas Umzugsgut bestand.

»Onkel Arthur meinte, ich könne alles mitbringen, was ich von Mamas und Papas Dingen behalten wolle«, antwortete das Mädchen gelassen.

»Diesen ganzen Krempel bekommst du unmöglich in deinem Schlafzimmer unter«, erwiderte Lucy. »Also such dir das Notwendigste aus und sag den Dienern, sie sollen den Rest auf den Speicher schaffen. Du kannst dir dort ja alles immer wieder anschauen, wenn du glaubst, du hättest nichts Besseres zu tun.«

Katrina gab ihr keine Antwort. Sie erwartete gar nicht erst, daß ihre Tante sie verstand.

Noch bevor Lucy ein Wort an sie gerichtet hatte, stand es für sie fest, daß die zweite Frau ihres Onkels sie nicht mochte, weil sie gekommen war, um bei ihnen zu leben.

Sobald ich etwas anderes gefunden habe, muß ich unbedingt von hier fort, dachte Katrina ein wenig hilflos.

Im Augenblick jedoch mußte sie sich zurückhalten und versuchen, gute Miene zum bösen Spiel zu machen.

Überdies hoffte sie, die Abneigung ihrer Tante Lucy würde nicht ganz so schlimm sein, wie es fürs erste den Anschein erweckte.

Es war eine vergebliche Hoffnung.

Wenn sie in den Nächten allein war, sprach sie in Gedanken mit ihrer Mutter und erzählte ihr, wie schwierig das Leben für sie geworden war.

»Ich gebe mir alle Mühe, Mama«, sagte sie in der Dunkelheit, »aber ich kann den Haß von Tante Lucy förmlich spüren. Sie verwünscht meine Anwesenheit in Onkel Arthurs Haus. Obwohl ich weiß, daß ich mich so verhalte, wie du und Papa es wünschen würdet, muß ich gestehen, daß mir das sehr, sehr schwerfällt.«

Sie war ganz sicher, daß ihre Mutter sie hörte und verstand.

Stets hatte sie das Gefühl, daß ihre Eltern bei ihr waren, und sie kam sich nie einsam vor.

Es war dieses Gefühl, das ihr über die schwierige Situation hinweg half, in der sie sich befand, und das ihr die ersten Tage in London einigermaßen erträglich machte.

Es blieb ihr nichts übrig, als der Tatsache ins Auge zu schauen, daß sich ihr Leben völlig verändert hatte.

Nie wieder würde sie so glücklich sein wie früher. Nie mehr würde sie die Freude und das Entzücken erfahren, die ihr das Bewußtsein vermittelt hatte, mit zwei Menschen zusammenzuleben, die einander liebten und ihre Liebe auf sie, ihre Tochter, ohne Einschränkung übertrugen.

»Onkel Arthur ist freundlich, sehr freundlich zu mir«, murmelte sie, »doch es gibt keine Liebe in diesem großen, etwas unheimlichen Haus.«

Sie hatte das Gefühl, hier diente alles nur der Schau.

Der riesige Salon mit seinen steifen, bombastischen Möbeln, mit den in mächtigen Kristallvasen angeordneten Treibhausblumen, war so ganz verschieden von der warmen Behaglichkeit des kleinen Wohnzimmers in ihrem Haus in Amiens.

Dort hatte es keine Möbel gegeben, die einen

erdrückten mit ihrer Prächtigkeit. Und die Blumen in den Vasen stammten aus dem Garten oder von den Feldern.

Katrina selbst arrangierte sie immer mit liebevoller Sorgfalt, so daß ihr Vater beim Anblick der von ihr gebundenen Sträuße entzückt ausrief:

»Das muß ich malen. Wundervoll hast du das gemacht. Manche alte Dame wird ein solches Bild an ihre erste leidenschaftliche Liebe erinnern.«

Er lachte bei seinen Worten, weil sie ein wenig überschwenglich klangen, und Katrina lachte mit.

Dann trug sie die Blumen vorsichtig in den kleinen Raum im rückwärtigen Teil des Hauses.

Er besaß Nordlicht, und ihr Vater nannte ihn sein Studio. Dort malte er den Strauß und erklärte ihr augenzwinkernd, es sei wieder mal ein bescheidener Beitrag zum Haushaltsgeld, und sie sei ein tüchtiges Mädchen.

Sie wäre keine richtige Evastochter gewesen, wenn sie sich über dieses Lob nicht gefreut hätte. Außerdem bedeutete ein verkauftes Bild auch immer ein neues Kleid für sie und die Mutter.

Auch die Garderobe, die Tante Lucy für sie anschaffte, erfreute sie, obwohl sie wußte, daß Onkel Arthurs Frau mit der Großzügigkeit ihres Mannes seiner Nichte gegenüber nicht einverstanden war und ihr die teuren Ausgaben nicht verzieh.

Die Wogen des Hasses, die von Lucy ausgingen, als diese ihr beim Anprobieren zuschaute, bewirkten in Katrina echtes Entsetzen.

»Ich kann nicht verstehen, warum du nicht aussiehst wie andere Debütantinnen!« sagte Lucy einmal zu ihr.

Katrina warf einen Blick in den Spiegel und begriff plötzlich die Verzweiflung der Tante.

Sie sah tatsächlich anders aus.

Das wurde ihr erst richtig klar, als sie an der ersten Abendgesellschaft teilnahm, bei der auch mehrere Debütantinnen anwesend waren – alle korrekt in Weiß gekleidet.

Sie hockten entweder stumm und schüchtern auf ihren Stühlen, wenn man an ihnen vorbeikam, oder sie steckten die Köpfe zusammen und kicherten albern.

Da Katrina von ihren Eltern überallhin mitgenommen worden war, hatte sie viele verschiedene Menschen unterschiedlicher Herkunft und Nationalität kennengelernt.

Von ihrem Vater wußte sie, daß es an jedem Menschen etwas Interessantes gab. Auch die fadesten und langweiligsten Leute besaßen etwas, das es an ihnen zu entdecken gab.

»Jeder Mensch hat etwas, das sein Herz schneller schlagen läßt, wenn er daran denkt«, sagte Michael Darley zu seiner Tochter.

Er machte eine Pause und fuhr fort:

»Die Kunst besteht darin, es ihnen zu entlokken, sie zu hypnotisieren und zum Reden zu bringen. Sie müssen reden über das, was sie fühlen und denken. Dann stellst du fest, daß jeder Mann und jede Frau ein interessantes Individuum ist – es sei denn, es handelt sich um ausgemachte Hohlköpfe.«

»Ich weiß, was du sagen willst«, hatte Katrina geantwortet. »Aber es ist schwierig.«

»Natürlich ist es schwierig«, antwortete ihr Vater. »Du mußt dir eben vorstellen, du wärst einer der Archäologen, die wir in Ägypten bei ihrer Schatzsuche in den Pharaonengräbern beobachtet haben.«

Er machte eine schwungvolle Handbewegung, bevor er fortfuhr:

»Oder jener Kurator in Griechenland, der einen unablässigen Kampf gegen diese Vandalen kämpft, die die Wunder des klassischen Altertums beschädigen oder gar zerstören.«

Er blinzelte ihr zu und meinte:

»Woher willst du wissen, daß du keine genauso erregenden und wertvollen Entdeckungen machst, wenn du versuchst, in das Herz oder die Seele eines Menschen einzudringen – mag er dir äußerlich auch wie eine fette Kröte vorkommen.«

Katrina hatte gelacht, aber danach sagte sie oft zu ihrem Vater:

»Was glaubst du, was ich heute wieder entdeckt habe?«

Dann erzählte sie ihm von einer Frau, die sie kennengelernt hatte und die ihr zunächst ganz langweilig und uninteressant erschienen war.

»Doch stell dir vor, Papa, vor Jahren hat sie seltene Pflanzen und Blumen gesammelt, sie gepreßt und zu ihrer eigenen Freude aufbewahrt – zu schüchtern, um sie irgendeinem anderen Menschen zu zeigen.«

Von einem Politiker, der sehr mutig in der Deputiertenkammer das Wort ergriff und wegen seiner scharfen Logik bei allen gefürchtet war, erfuhr sie, daß er an böse Geister glaubte.

Da gab es einen Viehhändler, den ihre Mutter auf dem Markt kennenlernte und der sie jedesmal, wenn er nach Amiens kam, besuchte.

Er züchtete Katzen, sanfte blaue Perserkatzen, die dort, wo er wohnte, kaum einmal ein Mensch zu Gesicht bekommen hatte.

Mit der Zeit war Katrina ganz fasziniert davon, Menschen kennenzulernen. Aber das Interessanteste war, mit ihrem Vater darüber zu sprechen, ihm von ihren Entdeckungen zu berichten und im Gespräch mit ihm ihre Menschenkenntnis zu vertiefen.

Doch dies war ihr jetzt nicht mehr möglich. Jedenfalls nicht mehr so wie früher, als ihre Eltern noch lebten.

»Was Tante Lucy betrifft«, sagte sie einige Nächte nach ihrer Ankunft in London zu ihrem Vater, »so habe ich den Eindruck, sie hat sich mit einer Art Rüstung umgeben. Ich spüre förmlich, wie sie mich haßt. Jedenfalls ist es mir unmöglich, einen Zugang zu ihr zu finden.«

Sie wußte, daß ihr Vater sie verstand.

Es war nicht nötig, ihm zu erklären, daß ihre Tante sie nicht nur als Person ablehnte, sondern sie vor allem auch als Nebenbuhlerin empfand. Ja, es war gerade ihr Äußeres, das die Abneigung in Tante Lucy auslöste.

Katrina sah in den Spiegel. Sie erblickte ein sehr junges Gesicht, dem noch etwas Kindliches anhaftete.

Gleichzeitig jedoch besaß sie – wie ihr Vater es ausgedrückt hatte – ein auffallend durchgeistigtes Aussehen.

Immer und immer wieder hatte er versucht, diesen Eindruck auf die Leinwand zu bannen, und doch war es ihm nach seinen Worten nie vollkommen gelungen.

»Es ist schwierig, etwas zu malen, was man fühlt. Leichter ist es, zu malen, was man sieht!« hatte er ärgerlich erklärt.

»Aber es ist genau das, was die Impressionisten tun. Sie bringen ihre Eindrücke von den Dingen auf die Leinwand. Nicht die Dinge selbst«, erwiderte Katrina.

»Dann bin ich eben ein schlechter Impressionist«, sagte er. »Trotzdem werden wir es morgen wieder versuchen. Doch es ist wirklich nicht einfach, soweit es dich betrifft, mein Liebes.«

»Ich finde dein Bild gut, Papa.«

»Nicht gut genug«, hatte er erwidert. »Du bist schön, aber es ist eine Schönheit, die von innen kommt. Es ist die Schönheit einer chinesischen

Zeichnung, die schwieriger einzufangen ist, als ein Irrlicht oder eine Sternschnuppe.«

Katrina hatte gelacht.

»Nun gibst du mir das Gefühl, etwas Besonderes zu sein.«

Ihr Vater legte den Arm um sie.

»Das bist du auch«, sagte er. »Für mich bist du etwas ganz Besonderes. Und eines Tages, mein Liebling, wirst du auch für den Mann, der dich liebt, etwas Besonderes sein, falls er intelligent genug ist, zu erkennen, welchen Edelstein er mit dir gefunden hat. Du bist etwas Einmaliges und völlig anderes als andere Frauen – so wie deine Mutter es ist.«

»Hast du das gleich erkannt, als du Mama zum erstenmal begegnet bist?«

Ihr Vater lächelte.

»In dem Augenblick, da ich sie auf der anderen Seite der Tafel sah, hatte ich das Gefühl, das Herz würde mir stillstehen. Sie war so schön, doch es war viel mehr als das.«

Er atmete tief.

»Es war die Begegnung von zwei Menschen, die seit Ewigkeit füreinander bestimmt sind und weder in diesem, noch in einem anderen Leben wirklich getrennt werden können.«

»Das möchte ich eines Tages auch finden«, dachte Katrina. Doch gleichzeitig beschlich sie die entmutigende Vorstellung, daß es etwas Derartiges unter den Menschen, die Tante Lucy einlud, niemals geben würde.

Dann sagte sie sich, daß sie gewiß zu vorschnell urteilte.

Ihre Mutter würde gesagt haben, daß sie zu stürmisch an die Dinge heranging und daß sie versuchen mußte, den Standpunkt anderer Menschen zu verstehen.

»Du mußt wissen, Liebling, daß wir in diese Welt gesetzt wurden, um geistig zu wachsen und fortzuschreiten in der Entwicklung unserer Persönlichkeit. Und je weiter wir vordringen, um so mehr gibt es zu verstehen und zu lernen.«

Sie lächelte, bevor sie hinzufügte:

»Das ganze Leben ist sehr spannend und aufregend. So wie die Klänge schöner Musik, die mehr und mehr an Bedeutung gewinnen, je öfter wir sie hören.«

Sie wußte, daß ihre Tochter aufmerksam lauschte, als sie ruhig fortfuhr:

»Doch die Menschen entwickeln sich nicht in der gleichen Weise, und deshalb ist es nicht richtig, ungeduldig zu werden mit denen, die weniger erfolgreich sind als wir selbst.«

Sie seufzte und sagte:

»Vielleicht sind auch sie erfolgreich, und wir erkennen es nur nicht, weil wir nicht klug oder verständnisvoll genug sind. Deshalb müssen wir uns Mühe geben mit ihnen. Auf diese Weise kannst du den Menschen nicht nur helfen, sondern sie auch beeinflussen.«

Katrina war sehr jung gewesen, als ihre Mutter dies gesagt hatte, doch sie vergaß ihre

Worte nie und hütete sie wie ein Vermächtnis.

In diesem Augenblick erinnerte sie sich wieder sehr deutlich daran und sagte sich, daß sie noch viel zu ungeduldig und anspruchsvoll war.

Und trotzdem hatte sie das Gefühl, daß sie Tante Lucy nie richtig kennenlernen würde. Daß sie sich eingestehen mußte, ihr gegenüber zu versagen.

Ihre Tante hatte sich offenbar heftig dagegen gewehrt, daß sie ebenfalls vom Duke von Lyndbrooke auf sein Schloß eingeladen wurde.

Die Einladung hatte die Dinge nur noch komplizierter gemacht, als sie sowieso schon waren.

Katrina erfuhr, daß die Party bereits vor längerer Zeit arrangiert worden war.

Und Tante Lucy schien sich ganz ungewöhnlich darauf zu freuen.

So hatte sie auch für sich eine große Anzahl von Kleidern in Auftrag gegeben, als sie die Garderobe für Katrina bestellte.

Katrina hatte gehört, wie sie zu der *Vendeuse,* die sie bediente und die sie anscheinend sehr gut kannte, sagte:

»Sie wissen ja, daß ich diese Kleider auf Lynd tragen möchte, wo wir einige Tage als Gäste des Duke weilen werden. Sie müssen deshalb bis zum nächsten Freitag unbedingt fertig sein.«

»Sie fahren nach Lynd, M'lady? Wie aufregend.«

»Ja«, antwortete Tante Lucy selbstgefällig.

»Und diesmal handelt es sich um einen ganz besonderen Anlaß. Deshalb werden Sie meinen Wunsch verstehen, so gut wie möglich auszusehen.«

»Ja, natürlich, M'lady. Ich glaube, ich kann Sie für ein funkelnagelneues Modell interessieren, das eben erst aus Paris eingetroffen ist und farblich genau zu den Augen Eurer Ladyschaft paßt.«

Tante Lucy hatte zwei blaue Kleider gekauft, jedes mit einer ausladenden Turnüre versehen, die die Krinoline in den letzten Jahren völlig verdrängt hatte.

Die Kleider waren aus edelstem Material gearbeitet, von dem Katrina wußte, daß es aus Frankreich kam.

Katrina war von ihren eigenen Kleidern begeistert.

Besonders von denen, die unauffällig waren, nicht so verspielt und aufgedonnert wie die ihrer Tante.

Der Schnitt erinnerte sie an griechische Statuen, die sie in Athen gesehen hatte.

Erst als sie den ärgerlichen Protest ihrer Tante gegen ihre Teilnahme an der Party auf Lynd mitbekam, wurde Katrina richtig klar, wieviel der Besuch für Lucy bedeutete.

Sie hatte das sichere Gefühl, daß dies in irgendeiner Form mit dem Duke zusammenhängen mußte.

Noch im letzten Moment versuchte ihre Tante,

Lord Branston zu überreden, Katrina zu Hause zu lassen.

»Bist du dir bewußt, daß der Duke seine engsten Freunde zu dieser Gesellschaft eingeladen hat?« hörte Katrina sie sagen. »Diese Leute sind ausnahmslos in seinem Alter. Sie interessieren sich nicht für ein so junges Ding wie Katrina.«

Ihr Mann hatte die Bemerkung übergangen. Aus dem einfachen Grund, weil er die Argumentation bereits zur Genüge kannte.

Außerdem war er wie alle älteren Ehemänner, die keinen Widerspruch dulden, fest entschlossen, seinen Willen durchzusetzen.

»Katrina wird mit uns nach Lynd fahren«, sagte er bestimmt und entschieden. »Wie ich dir schon sagte, habe ich mit Lyndbrooke bereits darüber gesprochen. Und ich zweifle nicht daran, daß er inzwischen längst einen jungen Mann eingeladen hat, der Katrina dem Alter nach nähersteht als dir.«

Katrina dachte, daß die letzten Worte eigentlich etwas Verletzendes für ihre Tante hatten.

Sie war daher nicht überrascht, daß Lady Branston, als sie alleine waren, sagte:

»Du kannst dich glücklich preisen, daß du mit nach Lynd gehen darfst. Ich hoffe nur, du weißt das zu schätzen und fällst niemandem zur Last.«

»Ich werde mir Mühe geben, Tante Lucy«, erwiderte Katrina.

»Dann geh dem Duke aus dem Weg, und laß auch seine Freunde in Ruhe.«

»Ich werde daran denken, Tante Lucy.«

»Dein Onkel hat sich in den Kopf gesetzt, du könntest nicht allein hierbleiben, während wir fort sind, obwohl ich ihn daran erinnert habe, daß es ein halbes Dutzend Verwandte gibt, die nur zu gerne herkommen und auf dich aufpassen würden.«

Die Gereiztheit in ihrer Stimme war unüberhörbar, und Katrina hielt es für klüger, zu schweigen.

»Niemand kann behaupten, daß ich nicht alles für dich getan habe«, fuhr ihre Tante fort. »In ganz London gibt es keine Debütantin, die hübschere Kleider hat als du. Und wenn du trotzdem keinen Erfolg haben solltest, wird man mir nicht die Schuld daran zuschieben können.«

»Ich bin dir sehr dankbar für die herrlichen Kleider, Tante Lucy«, antwortete Katrina, »und wenn es dich aufregt, bin ich gern bereit, hierzubleiben.«

»Genau das solltest du tun«, stieß Lady Branston wütend hervor. »Doch dein Onkel hat es nun einmal anders beschlossen, und selbst ein mittleres Erdbeben würde an seinem Entschluß nichts ändern.«

Sie sah ihre Nichte an und sagte:

»Also wie ich schon sagte, ich habe alles getan, was in meinen Kräften stand. Wenn du nicht aussiehst wie eine Debütantin aussehen sollte, dann kann ich nur für dich hoffen, daß du dich wenigstens wie eine solche benimmst.«

Sie warf Katrina einen haßerfüllten Blick aus ihren blauen Augen zu.

Dann rauschte sie aus dem Zimmer. Die Tür fiel mit einem lauten Knall hinter ihr ins Schloß.

Katrina stieß einen Seufzer aus.

Es ist hoffnungslos, dachte sie. Ich müßte mein Aussehen verändern, um Tante Lucy zu gefallen.

Sie erhob sich von dem Stuhl, auf dem sie gesessen hatte, und betrachtete sich in dem großen Spiegel über dem Kaminsims.

Er reflektierte die Sèvres-Vasen und eine prächtige Ormulu-Uhr aus Frankreich.

Dazwischen sah sie sich selbst.

Die großen Augen, die das sanfte Grau einer Taubenbrust besaßen, schienen das kleine herzförmige Gesicht zu beherrschen.

Ihr Haar war so hell, daß ihr Vater einmal gesagt hatte:

»Wenn du rote Augen hättest, würdest du aussehen wie ein Albino, und das wäre katastrophal.«

»Vielleicht sollte ich meine Haare färben«, schlug sie scherzhaft vor.

Ihr Vater stieß einen entsetzten Laut aus.

»Wage es nur ja nicht«, sagte er. »Dein Haar ist so schön wie die ersten Strahlen der Morgensonne. Nur ein Künstler könnte auf die Idee kommen, dir eine Haut zu geben, die so weiß ist wie Schnee, und Lippen, die das blasse Rot einer Moschusblüte besitzen.«

»Nun wirst du poetisch, Papa!« rief Katrina lachend aus.

»Ich glaube, weil deine Mutter und ich uns so sehr lieben, war es wohl unvermeidlich, daß wir etwas so Wundervolles wie dich hervorgebracht haben, obwohl es nicht die herkömmliche Schönheit ist, wie die meisten Menschen sie lieben.«

Während er sprach, wanderte sein Blick durch den Raum zur Staffelei hinüber.

Darauf stand eine Leinwand mit der Abbildung einer blühenden Frauengestalt mit goldblondem Haar und blauen Augen vor einem ebenfalls blauen Samtvorhang.

Es war der herkömmliche Bildtyp, den ihr Vater nicht ausstehen konnte.

Doch es handelte sich um eine Arbeit, die der holländische Konsul in Auftrag gegeben hatte und die dessen Gemahlin darstellte.

Das Bild würde, dessen war sich Katrina sicher, auf allgemeine Bewunderung stoßen, wenn es seinen Platz in dem prunkvollen Haus gefunden hatte.

Jetzt, da Katrina sich an dieses Bild erinnerte, bedauerte sie es, nicht wie die Holländerin auszusehen. Vielleicht wäre Tante Lucy dann eher zufrieden mit ihr.

Plötzlich fiel ihr ein, daß Lady Branston alle jene Schönheitsmerkmale besaß, die ihr Vater geringschätzte: rotblondes Haar, blaue Augen und rosige Haut.

»Es ist zu deutlich, zu normal«, hatte er ausgerufen, während er die Bürgermeisterstochter malte. »Am liebsten möchte ich den Pinsel hinwerfen, nach draußen laufen und mir irgendeine Frau von der Straße holen. Vielleicht ist deren Seele leichter zu entdecken.«

»Ja«, mischte sich Katrinas Mutter ein, »aber vergiß nicht, daß wir uns für das Honorar, das du für das Bild bekommst, ein köstliches Dinner leisten können und daß der Rest auf der Bank gute Zinsen bringt. Schließlich sollten wir unsere Ferien im nächsten Jahr nicht aus dem Auge verlieren. Hast du inzwischen entschieden, wohin wir reisen werden?«

»Ich denke, diesmal fliegen wir zum Mond«, antwortete Michael Darley. »Oder, falls du meinst, es wäre dort zu kalt, dann eben nach Marokko.«

Die Art, wie er sprach, löste bei Frau und Tochter einen Freudentaumel aus.

»Ist das dein Ernst?«

»Ich habe den heftigen Wunsch, euch beide vor dem Atlasgebirge stehen zu sehen und dieses Bild in meinem Skizzenblock festzuhalten«, erwiderte er.

Sie fielen ihm um den Hals und küßten ihn aufgeregt.

»Ich nehme an«, sagte Katrina nun nachdenklich vor sich hin, »ich werde das Atlasgebirge niemals zu Gesicht bekommen.«

Als sie dann wieder in den Spiegel schaute,

hörte sie den Vater, so als stände er dicht hinter ihr, sagen:

»Eines Tages, Liebstes, wird der Mann, der dich liebt, mit dir dorthin reisen.«

2

Der Duke von Lyndbrooke blickte sich im Salon des Devonshire House um und dachte, daß er die Party genießen würde.

Mr. Disraeli war anwesend und der Earl von Kimberley, der Außenminister.

Ebenfalls sah er einige andere Regierungsmitglieder und Abgeordnete, mit denen er sich gerne unterhielt und außerdem einige der schönsten Frauen Londons.

Er überlegte eben, welcher von ihnen er seine besondere Aufmerksamkeit schenken sollte, als der Butler mit Stentorstimme verkündete:

»Der Earl und die Comteß von Calverton, Euer Gnaden.«

Wenn der Duke sich nicht so ausgezeichnet in der Gewalt gehabt hätte, wäre er jetzt zusammengezuckt.

Dennoch verschlug es ihm sekundenlang die Stimme.

Langsam drehte er den Kopf und sah zu den Neuankömmlingen hinüber, die durch die kunstvoll geschnitzte Tür den Raum betraten.

Er hatte sich nicht geirrt.

Anastasia wurde soeben von der Ducheß von Devonshire begrüßt, und hinter ihr erkannte er die untersetzte, bullige Gestalt ihres Gatten, des Earl von Calverton.

Der Duke konnte nicht verhindern, daß seine Gedanken zurückwanderten zu jenem Tag, da er Anastasia das erste Mal begegnet war.

Er hatte sich zur Tigerjagd in Malaia aufgehalten.

Als er nach Singapur zurückkehrte, traf er sie gleich auf der ersten Party, zu der er eingeladen worden war.

Sein erster Eindruck: er stand einer Frau gegenüber, die ebenfalls etwas von einer Tigerin hatte.

Sie sei Russin, erfuhr er. Gerade erst Witwe geworden. Ihr Mann, ein Teeplantagenbesitzer, starb an Fieber, das in einigen Teilen des Landes weit verbreitet sei.

Doch ihre Trauer um den Dahingeschiedenen hielt sich in Grenzen.

Am Ende des festlichen Abends hatte sie den Duke aus ihren seltsamen grünen Augen verheißungsvoll angeblickt. Der Duke war hingerissen.

Allerdings war er damals noch nicht der Träger dieses Titels gewesen, sondern einfach nur Tristram Brooke, ein junger Adliger, der die Welt bereiste.

Sein Vater, der erste Vetter des sechsten Duke

von Lyndbrooke, war nicht reich, er konnte ihm nur eine kleine Unterstützung bewilligen.

Tristram Brooke hatte zwei Jahre im Familienregiment gedient, fühlte sich bei der Armee jedoch zu sehr eingeengt.

Sehr zum Mißfallen seiner Eltern, kaufte er sich aus dem Militärdienst frei und beschloß, nach Fernost zu gehen.

»Es ist reine Zeitverschwendung und außerdem eine Verschwendung meines Geldes«, tobte sein Vater.

»Ich verspreche dir, Vater, daß ich mit deinem Geld so sparsam wie möglich umgehen werde. Doch wenn ich die Welt jetzt nicht zu sehen bekomme, werde ich wohl nie wieder die Gelegenheit dazu haben.«

Sie wußten beide, daß er damit eine Verheiratung meinte, die unbemittelten Edelleuten, wie er einer war, die einzige Chance für ein einigermaßen gesichertes Auskommen bot.

Er würde gebunden sein, gebunden an Frau und Familie, und er würde nicht umhinkönnen, auch seinerseits etwas zum gemeinsamen Lebensunterhalt beizutragen.

Aber der Wunsch, die Welt kennenzulernen, hatte auch noch andere Gründe. In ihm lebte eine starke Sehnsucht nach Abenteuern und eine fast unstillbare Reiselust.

Von fremden Ländern auch nur zu lesen, versetzte ihn in einen Zustand höchster Unruhe und Ungeduld.

Es war etwas, das er schlecht in Worte fassen konnte, aber er wußte, daß er nur dann wirklich leben würde, wenn er diesem Drängen und Lokken der Ferne nachgab.

Mochten die Leute sagen, was sie wollten, er fühlte sich unglücklich, wenn er diese übermächtige Neugier in seinem Inneren nicht zu stillen vermochte.

Er verbrachte kurze Zeit in Indien, und als er von dort wieder abreiste, wußte er, daß es ein Platz war, an den er mit Gewißheit zurückkehren würde.

Malaia stand als nächstes auf seinem Programm, und er wurde nicht enttäuscht.

Die Schönheit des Landes, seine Blumen und seine Tiere faszinierten ihn. Die ganze Szenerie unterschied sich so völlig von allem, was er bisher gesehen hatte.

Auch Singapur beeindruckte ihn mit seiner chinesischen Bevölkerung, der Schönheit seiner Küste und den ungeheuren Möglichkeiten der Entwicklung auf den verschiedensten Gebieten.

Doch dann begegnete er Anastasia, und plötzlich verlor alles andere seinen Reiz.

Er hatte nie eine Frau kennengelernt wie sie. Er hatte nicht einmal eine Ahnung gehabt, daß es eine Frau wie sie überhaupt gab.

Sie hatte ihn umklammert wie eine Schlingpflanze.

Er hatte geglaubt, sich ihr nie wieder entwinden zu können.

Jung, idealistisch und noch unverletzt durch Enttäuschungen, gab er sich der Liebe hin.

Und er glaubte, daß auch Anastasia ihn liebte.

Doch bald mußte er erfahren, daß er ihr zu wenig zu bieten hatte. Als er sie bat, ihn zu heiraten, lachte sie ihn aus.

»Wovon willst du leben, *mon Cher?*« fragte sie.

Sie sprach Französisch, wenn sie beisammen waren. In Rußland sprachen die Adligen, angefangen vom Zar stets Französisch.

Obwohl es zumindest zweifelhaft war, daß sich Anastasia jemals in Hofkreisen bewegt hatte, war sie fest entschlossen, sich so zu benehmen, als ob es der Fall gewesen wäre.

Sie nannte sich Herzogin, obwohl es unwahrscheinlich war, daß ihr dieser Titel wirklich zustand.

Doch Herzoginnen gab es im Reich des Zaren wie Sand am Meer, und niemand vermochte die Rechtmäßigkeit ihres Anspruchs nachzuprüfen.

»Heirate mich, Anastasia! Wir werden sehr glücklich miteinander sein. Ich werde arbeiten, ich werde dir alles kaufen können, was dein Herz begehrt«, hatte Tristram Brooke leidenschaftlich ausgerufen.

»Glaubst du tatsächlich, wir würden glücklich sein in einem winzigen Haus, mittellos und ohne Kontakte zur großen Gesellschaft? Nein, ich möchte nicht jeden Penny umdrehen müssen, bevor ich ihn ausgebe. Ich möchte auch nicht auf dem Land leben, sondern in London, wo ich Einladungen geben und annehmen kann.« Anastasia lächelte ihn mitleidlos an und schüttelte den Kopf.

Dann streckte sie abwehrend die Hände gegen ihn aus und sagte:

»*Non, non, mon Brave,* das ist nicht das, was ich mir vom Leben ersehne. Ich will Sicherheit, und das bedeutet Geld. Einen riesigen Haufen Geld. Ich will eine Stellung – eine gesellschaftliche Stellung von größtem Ansehen.«

Tristram Brooke hatte geschwiegen.

Er hatte ihr nichts Derartiges zu bieten. Was er ihr zu bieten hatte, war ein altes Herrenhaus auf dem Land, und das erst, nachdem sein Vater gestorben war.

Einen Monat lang lebte er mit ihr in Singapur zusammen und erfuhr mit ihr die Freuden der körperlichen Liebe.

Sie konnte einen Mann zu den Höhen der Lust führen, ohne daß sie selbst jemals wirklich befriedigt zu sein schien.

Als sie ihn verließ, kehrte er nach Indien zurück, wo er weite Reisen unternahm. Es waren keine bequemen Reisen, denn dazu fehlten ihm die Geldmittel. Meist fuhr er zusammen mit den Eingeborenen in überfüllten Eisenbahnwaggons oder auf holprigen Ochsenkarren.

Dennoch dachte er gern an diese Zeiten zurück. Sie waren reich an Eindrücken und Erfahrungen gewesen.

Aber die Schönheit der indischen Frauen, die Blumen, die sie im Haar trugen und der Klang ihrer Stimmen, riefen die Erinnerung an Anastasia erneut in ihm wach.

Nach Anastasia gab es natürlich auch andere Liebschaften. Während seiner Reisen flog ihm manches Frauenherz zu. Schließlich war er ein sehr attraktiver junger Mann, und außerdem gehörte er einer der angesehensten Familien Englands an.

So blieb es nicht aus, daß er nicht nur zu Gast in den Offizierscorps der Provinzen war, die er bereiste, sondern auch bei den einzelnen Gouverneuren und sogar beim Vizekönig.

Von Indien aus trat er dann die Heimreise an. Ohne Eile allerdings und mit vielen Unterbrechungen.

Er befand sich gerade in Babylon, als er eine wochenalte englische Zeitung in die Hand bekam, die ein Handelsreisender dort zurückgelassen hatte.

Auf diese Weise erfuhr er, daß der Duke von Lyndbrooke gestorben war – und ebenfalls sein Vater.

Er vermochte kaum zu glauben, was er las.

Der Erbe des Duke war sein einziger Sohn, der sich bei Tristrams Abreise von England noch bester Gesundheit erfreut hatte.

Mit Erstaunen entnahm er nun dem Zeitungsartikel, daß dieser einen tödlichen Jagdunfall erlitten hatte.

In der Erbfolge wäre nun Tristrams Vater an der Reihe gewesen. Doch da dieser inzwischen ebenfalls verschieden war, fiel der Titel an dessen Sohn.

Die Treuhänder und Anwälte des Besitzes suchten nun – laut Auskunft des Blattes – fieberhaft nach Tristram Brooke, der sich im Ausland aufhielt.

So schnell wie möglich kehrte Tristram nach Hause zurück. Doch es dauerte noch einen ganzen Monat, bevor er in England eintraf.

Dort erfuhr er, daß er nicht nur der siebente Duke von Lyndbrooke, sondern auch einer der reichsten Männer im Königreich geworden war.

Das Schloß seiner Väter, das als Adams Meisterwerk galt, war unübertroffen in seiner Schönheit.

Außerdem besaß Tristram nun noch zahlreiche andere Güter in anderen Teilen des Landes.

Weil er das Leben von seiner harten Seite kennengelernt hatte, war der neue Duke nicht sonderlich beeindruckt und begeistert von der Art und Weise, wie alle ihn plötzlich behandelten.

Alle schienen wie umgewandelt.

Als er einfach nur ein gutaussehender junger Mann und zudem ohne Zukunftsaussichten gewesen war, hatten alle ehrgeizigen Mütter ihre Töchter nervös davongescheucht, sobald er aufgetaucht war und deren Interesse geweckt hatte.

Verheiratete Frauen hatten sich zu ihm herabgelassen, angezogen von seiner Männlichkeit, doch nicht ohne sich darüber im klaren zu sein, daß seine Taschen leer waren.

Jetzt war plötzlich alles anders.

Frauen umkreisten, verfolgten und bedrängten ihn wie Jagdhunde ein Wild.

Er genoß es.

Gleichzeitig war er seit Anastasia ein gebranntes Kind, was Frauen anging. Was sie ihm angetan hatte, konnte er nicht mehr vergessen.

Für eine Frau waren Geld und gesellschaftliche Stellung entscheidend, nicht die Liebe.

Er hatte sich vorgenommen, nie mehr einer Frau zu vertrauen, keiner mehr sein Herz zu schenken. Er wußte, nicht sein Herz war ihnen wichtig, sondern die Krone, die er trug.

Als er sich einmal in einer sehr düsteren oder, wie er es spöttisch nannte, sentimentalen Stimmung befand, sagte er sich, daß Anastasia alle seine Träume getötet hatte.

Nun war er entschlossen, der Welt entgegenzutreten, und zwar unter ihren Bedingungen.

Es war sicherlich eine sehr amüsante Welt.

In den letzten fünf Jahren, seit er den Titel des Duke innehatte, lernte er die Vorteile zu schätzen, die eine große Dienerschaft bedeutete. Die Erfahrung, in seinem Bereich der Herr zu sein, dessen Wort Gesetz war, tat ihm gut.

Er erlebte das triumphale Gefühl, seine Pferde als erste durch die Ziellinie laufen zu sehen, sich in den klassischen Rennen eine Siegestrophäe nach der anderen zu holen und zu wissen, daß in seinen Ställen einige der besten Pferde der Welt standen.

Es galt vieles zu organisieren und zu planen.

Oft kam er sich vor wie der Kommandeur eines großen, schlagkräftigen Regiments, das dennoch immer wieder neu auf Vordermann gebracht werden mußte.

Man bot ihm eine Anzahl von Hofämtern an.

Da er sehr gut aussah, wünschte die Queen, obwohl sie nur Schwarz trug und unablässig um ihren geliebten Albert weinte, seine ständige Gegenwart bei Hof.

Er tat alles, um in dieser Falle nicht vollends gefangen zu werden.

Er bat den Premierminister, ihn nicht mit Aufgaben zu überhäufen, weil er wenigstens einen Teil seiner Zeit für sich selbst verwenden wolle.

»Wenn Sie mich zu hart einspannen, Premier, werde ich einfach die Flucht ergreifen und ins Ausland gehen«, sagte er. »Es gibt noch viele Ecken in der Welt, die ich nicht kenne. Und vergessen Sie bitte nicht, wenn ich jetzt verreise, kann ich mir sehr viel mehr Bequemlichkeiten dabei gönnen, als es mir vorher möglich war.«

Der Premierminister lächelte.

»Ich frage mich, ob Sie es in der Tat so zufriedenstellend finden, wenn Sie derart von der harten Wirklichkeit abgeschirmt sind.«

Der Duke wußte, daß Mr. Disraeli recht hatte und schwieg zu dessen Worten.

Als er sich kürzlich zu einem Kurzurlaub in seiner Villa in Südfrankreich aufhielt, befiel ihn plötzlich eine heftige Sehnsucht nach der leeren Weite der Wüste auf der anderen Seite des Mittelmeers. Nach der glühenden Sonne, den Kamelkarawanen und den Gerüchen jenes Landes, das genauso unzivilisiert war wie seine Bewohner.

»Früher oder später muß ich wieder von hier weg!« sagte er sich.

Dennoch gab es in seinem neuen Leben viele Dinge, die ihn nach London zogen, nach England und Lynd.

Vor allem Lynd übte eine große Faszination auf ihn aus. Die Schönheit des Hauses und die finanziellen Möglichkeiten, über die er verfügte, ließen ihn vergessen, daß er früher einmal sehr zynisch über all das gedacht hatte.

Lynd war so wundervoll mit seinen ionischen Säulen, die den prächtigen Vorbau trugen.

Die Bildergalerie enthielt Schätze, die von Generationen seiner Familie zusammengetragen worden waren. Manche stammten noch aus der Zeit, da der erste Brooke für seine Verdienste in der Schlacht von Agincourt zum Ritter geschlagen worden war.

Manchmal, wenn er allein war, was nicht oft vorkam, wanderte der Duke stundenlang andächtig durch sein Haus.

Er verspürte den Wunsch, jedes Bild zu berühren, jede Skulptur, jedes Buch und jede Truhe. Er konnte die neue Situation immer noch nicht fassen und hatte den Drang, sich ständig zu vergewissern, daß das alles auch Wirklichkeit war.

Von Zeit zu Zeit überkam ihn immer noch die Befürchtung, einem Hirngespinst erlegen zu sein.

»Das alles gehört mir, mir!« sagte er dann zu sich.

Doch er erinnerte sich sehr bald wieder daran, daß er nur der Treuhänder und Verwalter auf Lebenszeit war. Er hatte all das weiterzugeben an die, die nach ihm kamen.

An seinen Sohn, falls er jemals einen haben würde, oder an einen seiner Vettern, von denen es eine ganze Reihe gab.

Zahlreich waren auch die Frauen, die ihm versicherten, er sei genau der richtige Mann für den Titel des Duke von Lyndbrooke.

»Du bist ein so vollkommener Liebhaber«, hatte ihm eine schöne Lady noch in der vergangenen Nacht ins Ohr geflüstert. »Es erscheint mir fast unfair, daß du außerdem auch noch ein Duke und so sündhaft reich bist.«

»Ich frage mich, ob du mich auch noch interessant fändest, wenn ich nur das erstere wäre«, hatte der Duke voller Spott in der Stimme geantwortet.

»Du weißt genau, daß ich dich um deiner selbst willen liebe«, widersprach die Schöne leidenschaftlich.

Er erinnerte sich, daß auch Anastasia so geredet hatte. Bis zu dem Augenblick, da er um ihre Hand angehalten und sie ihn ausgelacht hatte.

Nun, da er sich sagte, daß Anastasia ohne jedes Interesse für ihn war, tauchte sie plötzlich wieder auf.

Er wußte natürlich seit langem, daß sie bald nach ihrer Trennung in Singapur den Earl von Calverton geheiratet hatte.

Damals hatte er voller Verachtung gedacht, daß sie nun gewiß den reichen Mann gefunden hatte, nach dem sie stets auf der Suche gewesen war.

Die Neuigkeit ihrer Verheiratung hatte ihn aufgewühlt. Wochenlang war er mit einem wilden Ausdruck in den Augen und hart zusammengepreßten Lippen herumgelaufen.

Dann begegnete er einer Frau, die das genaue Gegenteil von Anastasia gewesen war, und sie hatte ihn aus seinen Depressionen befreit.

Sie war sanft, zärtlich und sehr lieb. Und in ihrem Blick lag nichts als Anbetung und Bewunderung für ihn.

Tausendmal sagte sie ihm, sie würde ihn auf den Knien anflehen, sie zur Frau zu nehmen, wenn sie nicht schon verheiratet wäre.

Er war froh, daß es dazu nicht hatte kommen können.

Doch körperlich war sie ihm ein großer Trost gewesen.

Er verließ sie, weil ihn wieder einmal die Welt und ihre Abenteuer lockten.

Während er nun beobachtete, wie Anastasia die Gastgeberin und zwei andere Gäste, die sie augenscheinlich kannte, begrüßte, mußte er feststellen, daß die Zeit gnädig mit ihr umgegangen war.

Tatsächlich kam ihm ihre Schönheit jetzt noch exotischer vor, als er sie in Erinnerung hatte.

Vielleicht, dachte er zynisch, liegt es an dem Kleid, das sie trägt und das sie sich als meine Frau nicht hätte leisten können.

Ihr Schmuck – wohl aus dem Familienbesitz, wie er vermutete – war ungewöhnlich.

Der Stirnreif aus Smaragden und Brillanten und das dazu passende Kollier spiegelten das Grün ihrer Augen.

Sie wandte sich um und blickte ihn an.

Er begriff sofort, daß sie gewußt hatte, daß sie ihn hier treffen würde, während er selbst ahnungslos gewesen war.

Ohne Eile, aber mit der biegsamen Anmut, die er an ihr kannte, kam sie auf ihn zu.

Jeder Muskel ihres schlangengleichen Körpers unterstrich diesen Auftritt und gab ihren Bewegungen etwas Vollendetes und Aufreizendes zugleich.

Nun schmiegte sich ihre Hand in die seine, und während sie zu ihm aufblickte, sagte sie weich:

»Du bist immer noch sehr attraktiv, *mon Cher!*«

Er lachte.

Es war typisch für Anastasia, stets das Unerwartete zu sagen, und er erwiderte:

»Laß mich das Kompliment zurückgeben. Du bist noch reizvoller geworden, seit ich dich zum letzten Mal gesehen habe.«

»Ich hoffte, daß du so empfinden würdest«, sagte sie leise. »Wir müssen unbedingt miteinander reden. Ich habe dir so viel zu erzählen.«

»Nein, Anastasia«, wollte er sagen.

Doch während er zum Sprechen ansetzte, wich Anastasia zur Seite, und er fand sich dem Earl gegenüber.

»Wie geht's Ihnen, Lyndbrooke?« fragte dieser mit seiner heiseren Stimme. »Meine Frau hat mir schon viel von Ihnen erzählt. Übrigens hat Ihr Pferd das meine in der vergangenen Woche in Epsom um Längen geschlagen.«

»Ich erinnere mich«, erwiderte der Duke. »Aber ich habe Sie dort nicht gesehen.«

»Nein, nein. Wir waren in Paris.« Der Earl schnaufte. »Ich hatte unserem Botschafter eine Nachricht von Seiner Majestät zu überbringen. Unnötig zu sagen, daß meine Frau nicht eher nach Hause zu bringen war, bis sie die halbe Drury Lane leergekauft hatte: Kleider, Schuhe, Hüte und allerhand sonstigen modischen Firlefanz.«

Der Duke lachte.

Er sah den Earl zum ersten Mal und mochte ihn auf Anhieb.

Calverton war älter, als der Duke erwartet hatte, aber das würde Anastasia wohl kaum stören.

Daß er mit seiner Annahme richtig lag, bestätigte ihm die Bemerkung der Lady, die seine Tischnachbarin war.

»Wie ich feststelle«, sagte sie leise, »ist meine *Bête noir* auch da. Ihre Gegenwart verdirbt mir jede Party.«

»Und wer ist die Dame?« fragte der Duke, da er wußte, daß dies von ihm erwartet wurde.

»Die Komteß von Calverton«, erwiderte sie. »Ich hasse sie, weil alle Männer sie unwiderstehlich finden. Und nach allem, was man so hört, empfindet sie den Männern gegenüber genauso.«

Die Worte klangen boshaft, und in den Augen der Lady stand ein harter, unversöhnlicher Ausdruck.

Der Duke beobachtete Anastasia, wie sie mit dem Gentleman auf der gegenüberliegenden Seite heftig flirtete und es ihr offensichtlich großartig gelang, die ganze Tischhälfte zu fesseln.

Später, nach dem Dinner, als einige der Gäste in den Garten hinter dem Haus gingen, gesellte sich Anastasia zu ihm.

Er hatte soeben mit dem Premierminister gesprochen, und ohne daß er begriff, wie ihr dies gelungen war, hatte sie den Premier abgehängt. Sie wandelten nun allein im tiefen Schatten der Bäume über den Rasen.

Die Sterne leuchteten am Himmel, und der Garten war von gedämpften Lichtern schwach erhellt.

Der Duke sah ihre grünen Augen, die verführerisch zu ihm aufblickten, als sie mit weicher Stimme sagte:

»Wann werde ich dich sehen? Hugo ist am Nachmittag immer in seinem Club.«

»Nein, Anastasia.«

»Was soll das heißen: nein?« fragte sie. »Ich habe dir so vieles zu erzählen, und schließlich bist du doch ein sehr alter – Freund.«

Vor dem letzten Wort stockte sie kurz, was dem Wort eine pikante Note gab.

»Ich sagte nein, und ich meinte nein«, erklärte der Duke mit fester Stimme. »Du hast mich genug gequält, Anastasia. Doch inzwischen habe ich gelernt, ohne dich auszukommen. Ich versichere dir, ich fühle mich gut dabei und habe nicht die Absicht, noch einmal in die Folterkammer zurückzukehren.«

Anastasia lachte. Es war das Lachen einer Frau, die sich ihrer selbst sehr sicher ist.

Dann sagte sie mit veränderter Stimme:

»Oh, *mon Brave,* wie konnte ich nur so dumm sein, dir einen Korb zu geben, als du mich darum gebeten hast, deine Frau zu werden? Doch wie hätte ich wissen können, daß du einmal das werden würdest, was du jetzt bist?«

Sie ließ einen tiefen Seufzer hören.

»Ich wäre dir eine vorbildliche Duchеß geworden.«

»Statt dessen bist du eine vorbildliche Komteß«, erwiderte der Duke. »Also vergessen wir die Vergangenheit. Gehen wir beide unserer Wege, wie es dein Wunsch war, als du mich damals verlassen hast.«

»Es hat nie einen Mann gegeben, der so war wie du.«

Anastasia wandte sich ab.

»Und es werden bestimmt viele gewesen sein, mit denen du mich hast vergleichen können, nicht wahr?«

»Ja, natürlich«, gab sie zu.

Unwillkürlich mußte er lachen, weil es so typisch für Anastasia war, keine Ausflüchte zu machen.

Sie hatten das Ende der Rasenfläche erreicht und machten kehrt. Dann wanderten sie langsam zum Haus zurück.

»Wirst du mich morgen besuchen?«

»Das ist unmöglich, selbst wenn ich es wollte«, erwiderte der Duke. »Ich bin morgen in Lynd, wo ich eine Gesellschaft gebe.«

»Ist das Haus wirklich so wundervoll, wie es immer gesagt wird?«

»Es ist einmalig«, gab der Duke zur Antwort.

Am liebsten hätte er ihr von Lynd vorgeschwärmt, nur um ihr weh zu tun.

Doch er sagte nur:

»Was immer du nun denken magst, Anastasia, die Antwort ist Nein. Es gibt ein Sprichwort: Gebranntes Kind scheut das Feuer! Ich bin fest entschlossen, mich danach zu richten. Du hast bekommen, was du wolltest, und du solltest dich damit begnügen. Bewahre also Haltung, meine Liebe.«

»Wer anders als du könnte mir helfen, das zu tun?« fragte Anastasia. »Ich bewundere dich, weil du so beherrscht, so innerlich gefestigt, so ganz anders bist als die anderen Männer, die vor mir auf dem Boden kriechen.«

Er wußte, es stimmte, was sie sagte.

Als sie noch zusammen waren, hatte er sie oft geschüttelt und angeschrien, weil sie es nicht lassen konnte, mit anderen Männern zu flirten. Er hatte ihr sogar mit Schlägen gedroht, wenn sie den vielen Verehrern nicht endlich den Laufpaß gab.

Er wußte, es war etwas Wildes, Maßloses in ihr. Etwas, das er ihre russische Seele nannte.

Der Gedanke amüsierte ihn, daß sie nun die Strafe für ihre Sünden erhalten hatte.

Im Lichtschein unter den Fenstern hielten sie an, und der Duke sagte:

»Gute Nacht, Anastasia, und leb wohl. Es war nett, dich wiederzusehen, aber vergiß nicht, die Antwort ist Nein.«

»Weißt du das so sicher?« fragte sie.

Er wußte, sie lachte über ihn.

Er kehrte zum Salon zurück und nahm neben

dem Schatzkanzler Platz, um mit ihm über den neuen Haushaltsplan zu reden.

Schon bald wurden sie unterbrochen, und der Duke stellte zum ersten Mal fest, daß auch Lady Branston an der Dinnergesellschaft teilnahm.

Er hatte sie nicht früher bemerkt, weil er zu sehr mit Anastasia beschäftigt gewesen war.

Da Lady Branston sehr schön war und er wußte, daß sie sich stark von ihm angezogen fühlte, wandte er sich ihr zu – glücklich, jemanden gefunden zu haben, der ihn auf andere Gedanken zu bringen vermochte.

»Ich freue mich so auf Lynd«, sagte sie mit einem verführerischen Augenaufschlag, der ihm schmeichelte. »Wie schön, daß es nur noch wenige Stunden bis zum morgigen Tag sind.«

Ganz offensichtlich war sie das genaue Gegenteil von Anastasia.

Ihr goldenes Haar und ihre blauen Augen besaßen die typisch englische Anmut – aufrichtig, klar und kein bißchen exotisch, dachte er.

»Ich freue mich darauf, Ihnen mein Haus mit all seinen Schätzen zu zeigen«, erwiderte der Duke.

»Das wird aufregend werden«, sagte Lady Branston. »Und da alles Ihnen gehört, wird es – dessen bin ich sicher – aussehen wie ein Märchenschloß.«

Kein Zweifel, das Lächeln, das sie ihm schenkte, war sehr verheißungsvoll.

»Ich möchte, daß es Ihnen auf Lynd gefällt«,

sagte der Duke. »Und wenn Sie mir sagen, was Sie unternehmen möchten, unternehmen wir es gemeinsam.«

Er flirtete mit ihr in einer Weise, die auf ihr Verhalten ihm gegenüber antwortete.

Er war davon überzeugt, sie würde sich bei der ersten Gelegenheit, die sich ergab, in seine Arme werfen.

Schon bei der allerersten Begegnung hatte für ihn festgestanden, daß Lady Branston in ihn verliebt war. Und doch war sie klug genug gewesen, dies nach außenhin nicht zu deutlich zu zeigen.

Und wenn er nicht so zynisch gewesen wäre, hätte er sogar vor sich selbst zugeben müssen, daß er sie genauso verfolgte wie sie ihn.

Im Augenblick mochte es der Duke, von einer Frau verfolgt zu werden.

Er war sich darüber klar, daß es in London mehrere Frauen gab, die die Schönheit und den Witz von Lady Branston besaßen.

Und er wußte, daß niemand an einem Verhältnis zwischen ihr und ihm Anstoß nehmen würde, solange sie Diskretion bewahrten.

Keine Ahnung allerdings hatte er, wie Lord Branston darüber denken würde.

Doch Lady Branston hatte schon mehrmals sehr geschickt anklingen lassen, daß ihr Gatte alt war und sie nur wenig verstand.

Der Duke begriff, was sie damit sagen wollte. In sexueller Hinsicht fühlte sich Lady Branston von ihrem Ehemann vernachlässigt.

Aus diesem Grund war in ihrem Leben durchaus Platz für einen Liebhaber.

Der Duke glaubte schon lange nicht mehr daran, daß Ehefrauen ihren Männern treu waren.

Als er jung gewesen war, hatte er geglaubt, alle schönen Frauen wären wie seine Mutter.

Treu und voller Hingabe für die Männer, die sie geheiratet hatten.

Die Versuchung war einfach zu groß. Vor allem in London, wo die Ehemänner schöner Frauen die Nachmittage fast ausnahmslos in ihrem Club zubrachten.

Sie blieben dort, bis es Zeit war, nach Hause zu gehen um sich zum Dinner umzukleiden.

Am Anfang hatte der Duke befürchtet, es würde zu viel Ärger bedeuten, ein Verhältnis mit einer verheirateten Frau anzufangen.

Er war ausgeritten oder hatte sich die Debatten im Oberhaus angehört.

Dann ließ er sich von der Einladung betören, die er in zwei schönen Augen und auf zwei schönen Lippen las, die sehnsüchtig auf die seinen warteten.

Die Hände der Ladys umfaßten seinen Nakken, oft noch bevor er ihren Vornamen kannte.

Er wäre kein Mann gewesen, geschweige denn ein sehr leidenschaftlicher Mann, hätte er der Versuchung nicht nachgegeben.

Es war einfach so üblich, und zugegebenermaßen hatte er Freude daran.

Es gehörte einfach zu seiner neuen Stellung

dazu. Und wenn die eine Liebschaft zu Ende ging, begann die nächste.

In der Gesellschaft der Ladys war er engagiert und aufmerksam, in der übrigen Zeit dachte er kaum einmal an sie.

Nur manchmal, wenn er eine schöne Landschaft sah oder Musik hörte, die in seinem Herzen ein Echo hervorrief, fragte er sich, warum irgendein dunkler Teil seines Inneren sich nach mehr sehnte und mit dem, was er bereits hatte, nicht zufrieden war.

Er wußte keine Antwort auf diese Frage.

Doch er wußte, daß er diese Sehnsucht auch auf seinen Reisen durch die Welt verspürt hatte und daß er sich oftmals vorgekommen war wie Jason auf der Suche nach dem Goldenen Vlies.

*

Auf der Rückfahrt vom Devonshire House ertappte sich der Duke dabei, daß er mit seinen Gedanken bei Anastasia weilte.

Doch er war fest entschlossen, sie nicht mehr wiederzusehen.

Er war sicher, er würde die kommenden Tage auf Lynd genießen. In Lady Branstons Gesellschaft vor allem.

Sie würde ihn davor bewahren, von den Verführungskünsten zu träumen, mit denen Anastasia ihn ein zweites Mal an sich zu fesseln versuchte.

»Nie wieder!« schwor er sich. »Nie, nie wieder!«

Da er mit lauter Stimme gesprochen hatte, wunderte er sich über die Entschlossenheit, die darin mitschwang.

Er ging zu Bett, fand jedoch keinen Schlaf.

Schließlich stand er um vier Uhr am Morgen auf, zog die Vorhänge zurück und beobachtete, wie die ersten Sonnenstrahlen das Dunkel der Nacht vertrieben.

Die Sterne verblaßten, und unter den Bäumen des Hyde Parks lag milchiger Nebel.

Er dachte daran, wie schön es jetzt auf Lynd sein würde, und eine jähe Sehnsucht nach dem großen Haus und dem See zu dessen Füßen erfaßte ihn.

»Warum gebe ich mich mit der großen Gesellschaft ab, obwohl ich herrliche Pferde reiten und frische Landluft atmen könnte?« murmelte er vor sich hin.

Dann ging es durch seine Gedanken, wie wundervoll es sein würde, auf einer Dau ein unbekanntes Flußtal zu erkunden.

Oder auf einem Kamel über die Dünen einer Sandwüste zu ziehen, bis zu jener in der Unendlichkeit liegenden Grenze, wo sich Himmel und Sand miteinander zu vermählen schienen.

Plötzlich hielt er inne. Er sagte sich, daß er sehr undankbar sei.

Er schloß die Vorhänge und legte sich wieder zu Bett.

Er zwang sich, an Lucy Branston zu denken und an das Versprechen, das er in ihren Augen gelesen hatte.

»Sie ist gewiß sehr anziehend«, murmelte er.

Doch es dauerte noch eine Weile, bis er endlich Schlaf fand.

*

Unmittelbar nach dem Frühstück brach der Duke nach Lynd auf. Die Fahrt würde etwa zweieinhalb Stunden dauern.

Seine Reisekutsche wurde von vier hervorragenden Pferden gezogen.

Ein Lächeln umspielte seine Lippen, als er die Zügel ergriff.

Nachdem der Diener hinter ihm aufgesprungen war, ließ er das Gespann antraben – glücklich, daß er allein war, daß niemand ihn mit seinem Geschwätz bedrängte, daß er sich ganz auf das Lenken der Pferde konzentrieren konnte.

Es war ein Vergnügen, das sich nicht in Worte fassen ließ, so prachtvolle Tiere zu besitzen.

Mein Gott, wie armselig waren dagegen die Pferde gewesen, die sein Vater sich hatte leisten können, oder andere Tiere, auf denen er in den verschiedensten Teilen der Welt geritten war.

Jetzt war es so, daß man ihm als erstem die besten Tiere anbot, daß sein Name in Fachkreisen einen ausgezeichneten Klang besaß und auch bei Tattersalls nur mit Ehrfurcht genannt wurde.

Selten einmal besuchte er seinen Club in der St. James Street, ohne daß eines der Clubmitglieder ihn bat, einen Blick in seine Ställe werfen zu dürfen.

Unter dem Stapel Briefe, die er am Morgen erhalten hatte, war einer von seiner Großmutter mütterlicherseits dabeigewesen. Sie war eine sehr freimütige Frau und hatte früher als eine bewunderte Schönheit gegolten.

Auch heute noch erwartete sie, daß man ihre Wünsche genauso selbstverständlich erfüllte, wie in jener Zeit, in der kaum ein Mann ihr etwas abgeschlagen hatte.

In ihrer festen, energischen Handschrift schrieb sie:

Ich höre, Du fährst nach Lynd, aber wenn Du zurück bist, möchte ich Dich sehen. Ich möchte mit Dir über Deine Vermählung reden, da es unbedingt notwendig ist, daß Du einen Sohn – am besten mehrere – hast, damit die Weitergabe des Titels gesichert ist.

Erinnere Dich, was mit dem armen Desmond passiert ist, der nur ein einziges Kind hatte, das überdies noch kränklich war und keine großen Lebenschancen hatte.

Der Brief war noch ausführlicher gewesen, doch der Duke hatte ihn nicht zu Ende gelesen, sondern ihn einfach in die Tasche gesteckt.

Warum konnte die Verwandtschaft ihn nicht in Ruhe lassen.

Er wußte ja, daß er eines Tages heiraten mußte, aber das hatte Zeit.

Er wollte keine Frau, die seinem Namen und seiner Stellung nicht angemessen war.

Das aber bedeutete absolute Langeweile. Er würde an eine junge Frau gebunden sein, die zwar von erstklassiger Herkunft war, jedoch auch stockdumm, töricht und einfältig.

An ihrer Seite würde er sich schon in den ersten Monaten der Ehe zu Tode langweilen.

»Ich werde das tun, was mir paßt und Spaß macht«, sagte er sich. »Ich werde Junggeselle bleiben.«

Er trieb seine Pferde zu einem schnelleren Tempo an, damit er möglichst schnell nach Lynd kam.

Er wollte dort sein, wenn noch keine Gäste anwesend waren, er wollte das Haus für sich alleine haben.

3

Katrina blickte sich im Speisezimmer um und wußte, es war genauso, wie sie es sich vorgestellt hatte.

Lynd faszinierte sie von dem Augenblick an, da sie in die Auffahrt eingebogen waren.

Vor ihr erhob sich das große Haus mit seinen Flügeln, die sich an einen Mitteltrakt anschlossen.

Auf dem See glitten weiße Schwäne sanft durch das silbern schimmernde Wasser.

Auf dem Dach wehte die Standarte des Duke vor einem azurblauen Himmel.

Die Abendsonne ließ die Fenster in einem warmen Gold erstrahlen. Es wirkte auf Katrina wie ein freundliches Willkommen.

Sie betrat die gewaltige Halle mit ihren griechischen Statuen.

Es gab ein kostbar vergoldetes steinernes Treppengeländer, über dem sich eine hohe Kuppel wölbte, und Katrina dachte, daß sie noch nie etwas so Beeindruckendes gesehen hatte.

Als dann der Duke den elegant eingerichteten

Salon im ersten Stock betrat und auf sie zukam, konnte Katrina ein Lächeln kaum zurückhalten.

Es war frappierend, wie genau er in diese Umgebung paßte.

»Willkommen auf Lynd«, sagte er zu Lady Branston. »Ich kann Ihnen nicht sagen, wie entzückt ich bin, Sie zu sehen.«

Katrina bemerkte den Ausdruck in den Augen der Tante und dachte, daß sie geradezu dahinschmolz vor Glückseligkeit darüber, nach so vielen Vorbereitungen nun endlich auf Lynd angelangt zu sein.

Sie fragte sich, ob ihr Onkel bemerkte, wieviel das Haus und sein Besitzer ihrer Tante bedeuteten.

Dann sagte sie sich, daß es nur die hohe Stellung war, die der Duke in der Gesellschaft einnahm, die ihre Tante so in Verzückung geraten ließ.

Gewiß gab es dafür keinerlei persönliche Ursachen.

Dennoch: seltsam war es schon, dieses Leuchten in den blauen Augen der Tante und die Art, wie sie dem Duke hingebungsvoll ihre Hand überließ.

Der Gedanke durchzuckte Katrina, daß es fast den Eindruck hatte, Tante Lucy wäre in den Duke von Lyndbrooke verliebt.

Aber das konnte doch nicht sein. Es war ein Unding, eine ganz und gar lächerliche Vorstellung.

Katrina hatte in Begleitung ihrer Eltern ein großes Stück von der Welt gesehen, doch was die Beziehungen zwischen Mann und Frau anging, war sie völlig unschuldig und ahnungslos.

Da ihr Vater und ihre Mutter einander so geliebt hatten, war Katrina der Meinung, das wäre bei allen Verheirateten so.

Soweit es ihren Onkel anging, stimmte Katrinas Annahme. Der warme Klang seiner Stimme und der bewundernde Ausdruck in seinen Augen verrieten ihr, daß er seiner Frau in großer Liebe zugetan war.

Daß ihre Tante ihm gegenüber genauso empfand, war für Katrina bisher ganz selbstverständlich gewesen.

Nun spürte sie eine gewisse Verunsicherung, erinnerte sich dann jedoch an den Rat ihrer Mutter und rief sich zur Ordnung.

Jetzt war nicht der Augenblick zum Grübeln und zur kritischen Analyse dessen, was sie dachte.

Der Duke begrüßte ihren Onkel, dann sagte ihre Tante geziert:

»Das ist Katrina, die Ihnen sehr, sehr dankbar dafür ist, daß Sie die Freundlichkeit hatten, sie ebenfalls zu Ihrer Party einzuladen. Sie hat mir versprochen, nichts anzustellen, und ich bin sicher, sie wird in Ihrem Haus zu viele Dinge zu bewundern haben, als daß sie sich langweilt und den Erwachsenen zur Last fällt.«

Der Duke lächelte und streckte Katrina die Hand entgegen.

Als Katrina ihn berührte, erfaßte sie ein seltsames Gefühl, das sie sich nicht erklären konnte.

Vielleicht war der Grund dafür in der Tatsache zu suchen, daß der Duke so ganz anders war, als es den Anschein hatte.

Anschließend wurde sie einer Anzahl von Leuten vorgestellt, und Katrina stellte erstaunt fest, daß ihre Verwirrung dadurch noch wuchs.

Es entging ihr nämlich nicht, daß die Gäste des Duke alle viel älter waren als sie selbst und daß die Ladys genauso auffallend gekleidet waren wie Tante Lucy.

Die Damen begrüßten Lady Branston mit einer so falschen übertriebenen Höflichkeit, daß es Katrina schon beleidigend vorkam.

»Liebste Lucy, wie hinreißend du wieder aussiehst, und wie schön es ist, dich wiederzusehen!«

Jedes Wort davon ist geschwindelt, dachte Katrina. Sie merkte es am harten, neidischen Klang der Stimme, die die Worte sprach.

Dann überlegte sie, daß es ein großer Fehler wäre, wenn sie die Gäste auf Lynd auf jene Weise betrachtete, die ihr Vater »das Sehen mit ihrem dritten Auge« nannte.

Während eines Besuches in Ägypten hatte ihre Mutter sie einmal auf eine kleine Ausbuchtung an der Stirn der Pharaonen aufmerksam gemacht.

Dies war von da an ihr Geheimzeichen für ihr »drittes Auge«.

Gemeint war damit ihr Instinkt, ihre Fähigkeit, jemandem bis auf den Grund seiner Seele zu schauen und dort sein wahres Wesen zu entdecken.

Katrina war Feuer und Flamme gewesen, als die Mutter damals von der Gabe der Menschenkenntnis gesprochen hatte. Und danach sagte sie zu ihrer Mutter:

»Wenn ich mein drittes Auge benutze, Mama, dann kann ich dir also sagen, ob der Händler, der dir heute morgen den Krug verkauft hat, ein Betrüger ist oder nicht. Und du wirst staunen, wenn du hörst, er hat dir eine Fälschung angedreht. Ich bin ganz sicher, daß es sich dabei nicht um einen alten Grabfund handelt, wie er beteuert hat, sondern um einen Gegenstand, der erst gestern hergestellt wurde.«

Ihre Mutter lachte und sagte:

»Ich bin sicher, du hast recht. Aber der arme Mann will auch leben, oder nicht?«

Es war ihr Vater, der sie dazu anspornte, das dritte Auge zu benutzen, indem er sie fragte, was sie von den Leuten hielt, die sie in Amiens besuchten.

Wenn er dann ihre Meinung gehört hatte, sagte er ihr, ob sie damit richtig oder falsch lag.

Manchmal täuschte sie sich.

Aber in neun von zehn Fällen lag sie mit ihrem Urteil über einen Menschen richtig.

Oft genug war das Ergebnis geradezu frappierend gewesen.

Diesmal, dachte Katrina, sollte ich mich am besten wie eine normale Debütantin verhalten und es tunlichst unterlassen, einen Blick in »die Welt hinter der Welt« zu werfen.

Die Schlafzimmer, die man ihnen zeigte, nachdem sie nach oben gegangen waren, besaßen die gleiche imponierende Schönheit wie das übrige Haus.

Ihrer Tante schien es allerdings nicht recht zu sein, daß Katrina das Zimmer neben dem ihren bekam.

Tante Lucys Raum war außergewöhnlich prächtig mit seinem riesigen, kunstvoll geschnitzten und vergoldeten Himmelbett.

Das Zimmer war verbunden mit einem Boudoir, in dem einige wundervolle Bilder hingen und das mit großen Nelkensträußen geschmückt war.

Katrinas Zimmer besaß zu ihrem Entzücken ein Deckengemälde, wie das ihrer Tante, und außerdem einige Gemälde italienischer Künstler in der gleichen Art.

Das Bett war mit Musselinvorhängen drapiert, die von einer vergoldeten Blumenkrone unter der hohen Decke herabhingen.

Auch der Ankleidetisch war mit Musselin verkleidet, und das blasse Blau der Wände paßte sehr gut zu einem Jungmädchenzimmer.

Katrina fragte sich, ob sich auch neben ihrem Raum ein Boudoir befand.

Doch aus der Unterhaltung, die ihre Tante mit der Wirtschafterin führte, entnahm sie, daß der Raum auf der anderen Seite ein Gästezimmer war, das jedoch leer stand. Die übrigen Gäste wohnten alle auf einem anderen Korridor.

»Auf der gegenüberliegenden Seite des Korridors wohnt Seine Gnaden«, fuhr die Wirtschafterin fort.

Lady Branston mußte einen überraschten Eindruck gemacht haben, denn die Frau fügte hinzu:

»Schlafzimmer und Wohnraum Seiner Gnaden befinden sich eigentlich im Westflügel, doch kürzlich entdeckten wir zu unserem Entsetzen den Holzwurm in der Täfelung. Da die Räume nun instand gesetzt und verschönert werden, mußte Seine Gnaden ausziehen.«

»Wie lästig für ihn«, sagte Lady Branston.

Doch Katrina hatte das Gefühl, daß ihre Tante sich darüber freute.

Katrinas Koffer war schon halb ausgepackt gewesen, als sie das Zimmer betreten hatte. Ein junges Zimmermädchen, das von der älteren Frau, die ihre Tante betreute, überwacht wurde, kümmerte sich um sie. Lady Branston hatte außerdem noch ihre Zofe mitgebracht.

Katrina war es gewöhnt, mit nur wenig Gepäck zu reisen.

Mit ihren Eltern hätte sie gern über die Berge von Gepäckstücken gelacht, die sich in der Halle aufgetürmt hatten, bevor sie aus London aufgebrochen waren.

Und es hatte sie nicht erstaunt, als sie erfuhr, daß all die Koffer und Schachteln unter der Aufsicht der Zofe ihrer Tante und des Kammerdieners ihres Onkels mit einem eigenen Wagen nach Lynd befördert werden sollten.

In der Kutsche, in der Katrina und Lord und Lady Branston gefahren waren, hatte sich lediglich die große Lederbox mit dem Schmuck von Tante Lucy befunden.

Der Schmuck wird wohl sehr wichtig für sie sein, dachte Katrina. Gewiß würde ihre putzsüchtige Tante etliche dieser Stücke tragen, wenn sie am Abend zum Dinner nach unten kam.

Und so war es auch.

Tante Lucy wählte das blaue Kleid aus Paris, von dem die Vendeuse gesagt hatte, daß es so ausgezeichnet zu ihren Augen paßte.

Dazu trug sie eine Garnitur aus Türkisen und Brillanten, die einer Königin Ehre gemacht hätte.

Das Diadem wirkte überwältigend in dem goldblonden Haar.

Die Ohrgehänge waren so groß, daß sie Teil des Kolliers zu sein schienen, welches die weiße Haut des Ausschnitts fast völlig verdeckte.

Zu der Garnitur gehörten außerdem eine Brosche, Armbänder und ein Ring. Sämtliche Stükke bestanden aus Türkisen und Brillanten.

Katrina dachte, daß es wohl niemanden geben würde, der ihre Tante in den Schatten stellen könnte – bis sie die anderen Ladys sah und feststellte, daß sie sich durchaus mit Tante Lucy messen konnten.

Sie selbst trug keinen Schmuck.

Ihre Mutter hatte das wenige, das sie besaß, verkauft, da ihr die Auslandsreisen wichtiger gewesen waren.

Außerdem hatte sie immer darauf bestanden, nur das beste an Lebensmitteln zu kaufen, weil die Gesundheit ihres Mannes und ihrer kleinen Tochter für sie an erster Stelle standen.

»Verglichen mit den übrigen Gästen des Duke bin ich ein richtiges Aschenputtel«, sagte Katrina scherzhaft zu dem Mädchen, das sie betreute.

Dann war sie zu ihrer Tante ins Zimmer gerufen worden, damit diese einen prüfenden Blick auf Katrinas neues Kleid werfen konnte.

»In Ordnung«, sagte Tante Lucy, »ich bin in fünf Minuten fertig. Warte in deinem Schlafzimmer auf mich.«

Während sie sprach, fühlte Katrina deutlich die Feindseligkeit, die ihre Tante ausströmte. Und wie schon so oft fragte sie sich, warum diese wohl eine derartige Abneigung gegen sie empfand.

»Sie sehen wundervoll aus, Miß«, sagte das Mädchen auf Katrinas Bemerkung hin. »In einer Minute sind die Blumen da, und ich denke oft, daß Blumen genauso schön sind wie Juwelen.«

»Blumen?« fragte Katrina erstaunt.

»Sie werden immer vor dem Dinner rundgetragen«, erklärte das Mädchen. »Es gibt Sträußchen zum Anstecken für die Ladys und Knopflochblumen für die Gentlemen.«

»Welch eine entzückende Idee!«

In diesem Augenblick klopfte es an die Tür.

Das Mädchen ging und öffnete. Sie nahm von dem Diener, der auf dem Gang stehenblieb, ein Tablett in Empfang und kam damit ins Zimmer zurück.

Katrina sah rote, grüne und gelbe Orchideen und Nelken als Knopflochblumen für die Herren.

Aber all diese Blumen kamen ihr ein wenig aufdringlich vor.

Dann erblickte sie ein Sträußchen mit winzigen weißen Blüten, die sich auffallend von den anderen unterschieden.

Die Blüten waren kaum größer als die eines Gänseblümchens.

Von ihren Reisen in den fernen Osten wußte Katrina, daß es Frangipani waren.

Sie nahm das Büschel in die Hand und atmete den würzigen Duft ein.

»Zwei oder drei davon würden wundervoll auf einem Halsband aussehen, Miß!« rief das Mädchen impulsiv.

»Ja, das habe ich auch gedacht«, stimmte Katrina zu. »Ein weißes Band könnten wir aus einem meiner Petticoats herausziehen.«

Als sie die Idee in die Tat umgesetzt hatten, ergriff sie das Gefühl, damit nicht Tante Lucys Zustimmung zu finden.

Aber das Mädchen war schon dabei, drei winzige Blüten an dem Band zu befestigen, das sie ihr dann um den Hals legte.

Das ist, dachte Katrina, genau die Vollendung, nach der ihr weißes Kleid verlangte.

Es gab ihr das Gefühl, daß Hals und Schultern nicht zu sehr entblößt wären.

Die restlichen Blüten steckte ihr das Mädchen ins Haar.

Es war die Art, wie die indischen Frauen die Blumen trugen, und die war Katrina immer so reizvoll und anmutig erschienen.

»Jetzt sehen Sie schöner aus als jede andere Lady an der Tafel Seiner Gnaden, Miß Katrina«, sagte das Mädchen hingerissen.

»Danke«, erwiderte Katrina, »aber ich bezweifle, daß irgend jemand Notiz davon nehmen wird, denn alle Augen werden geblendet sein vom Funkeln der Juwelen und dem Schwung der Turnüren, wenn die Ladys unter den bewundernden Blicken der Gentlemen dahinschreiten.«

Sie hörte die Zofe ihrer Tante an die Tür klopfen und beendete die Unterhaltung mit dem Mädchen.

Sie eilte auf den Korridor hinaus und sah, daß Tante Lucy in Begleitung des Onkels bereits die große Treppe hinunterstieg.

Andere Gäste erschienen und schlossen sich ihnen an.

Schon bald fühlte sich Katrina in dem Eindruck

bestätigt, daß das Funkeln und Blitzen der Juwelen es unmöglich machen würde, daß jemand ihr auch nur einen flüchtigen Blick schenkte.

Es kümmerte sie jedoch nicht, denn je weniger man sie beachtete, um so mehr konnte sie die Leute studieren und die Schönheit des Speisesaals bewundern.

Die Bilder in den breiten Goldrahmen waren die vollkommene Ergänzung zum Apfelgrün der Wände, das für Adams Raumgestaltung so charakteristisch ist.

Die Tafel mit ihren goldenen Kerzenleuchtern und den Orchideengestecken in goldenen Schalen, schien dem Bild eines Künstlers zu entstammen.

Es war unmöglich, den Duke, der am Kopfende des Tisches in einem hohen Lehnsessel Platz genommen hatte, nicht ehrfurchtsvoll zu bewundern.

Er sieht aus, dachte Katrina, wie der Herrscher über ein mächtiges Reich.

Er wirkte so allgewaltig, daß Katrina sich des Eindrucks nicht erwehren konnte, daß alle anwesenden Ladys am liebsten in einer langen Prozession an ihm vorbeigezogen wären, um ihm mit Hofknicks und Handkuß zu huldigen wie einem König.

Sie selbst hatte ihn, als sie ihm vorgestellt wurde, mit einem Knicks begrüßt. Es war ganz spontan geschehen, ohne daß sie sich vorher überlegt hatte, ob es korrekt war oder nicht.

Nun stellte sie sich vor, wie wundervoll es wäre, wenn alle Damen vor ihm niederfielen und die Herren ihn mit einer tiefen Verbeugung ehrten.

Der Duke würde gewiß huldvoll das Haupt neigen und es als unter seiner Würde betrachten, gnädiger darauf zu antworten.

Katrina stellte sich diese Szene so lebendig vor, daß sie völlig überrascht aufschaute, als der Gentleman neben ihr sagte:

»Worüber denken Sie so angestrengt nach, junge Lady. Ich kann nicht glauben, daß Sie es nicht genießen, in einem der prächtigsten Häuser von England zu Gast zu sein.«

»Natürlich genieße ich es«, erwiderte Katrina. »Es ist ein herrliches Haus. Genauso, wie ich mir die großen englischen Häuser immer vorgestellt habe.«

Der Gentleman lachte. Dann sagte er:

»Sie scheinen mir noch sehr jung zu sein. Jedenfalls so jung, daß Sie die Gäste an dieser Tafel wahrscheinlich für eine Gesellschaft von alten Fregatten und alten Knackern halten.«

Katrinas Augen funkelten.

»Ich kann mir nicht denken, daß die Ladys Ihre Äußerung für besonders schmeichelhaft halten würden.«

»Nein, das stimmt«, gestand der Gentleman. »Und da Sie mich mit Recht tadeln, werde ich mir Mühe geben, in meinen Äußerungen deutlich positiver zu sein. Erlauben Sie, daß ich mit

Ihnen beginne und Ihnen sage, daß ich Sie trotz Ihrer Jugend ungewöhnlich schön und anziehend finde.«

»Danke«, erwiderte Katrina.

Das Kompliment hatte sie nicht im geringsten verlegen werden lassen.

Von ihrer Zeit in Frankreich war sie es gewöhnt, daß die Männer ihr schmeichelhafte Komplimente über ihr Aussehen machten.

Sie hatte auch immer erlebt, daß jeder männliche Gast in ihrem Elternhaus die Schönheit ihrer Mutter in den Himmel hob.

Katrina lächelte gelassen. Sie erinnerte sich an den Rat ihrer Mutter, immer zu versuchen, einen Zugang zu den Menschen zu finden, denen sie begegnete. Sie zum Reden zu bringen und zu ergründen, welches ihre Interessen oder Liebhabereien waren.

Bald schon stand für sie fest, daß ihr Gesprächspartner ein ausgesprochener Pferdenarr war.

Außerdem sammelte er Briefmarken, wovon auch sie einige Ahnung hatte.

»Mein Vater sammelte die Briefmarken jedes Landes, das wir besuchten«, erzählte sie ihm.

»Dann bewahren Sie die Marken gut auf«, riet ihr der Gentleman. »Eines Tages werden sie sehr wertvoll sein. Es gibt jetzt schon manche, für die man eine große Summe zahlen muß, wenn man sie erwerben will.«

Danach hatte Katrina sich dem Herrn zu ihrer Rechten zugewandt.

Er schien sie nicht zu beachten, da er von seiner Tischnachbarin auf der anderen Seite beansprucht wurde.

Offensichtlich war diese höchst unterhaltsam, denn sie brachte ihn seit Beginn des Mahles immer wieder zum Lachen.

Jetzt hatte er sich Katrina zugewandt.

»Sie sind wohl nicht sehr gesprächig, junge Lady?« fragte er, und er erschien Katrina ein wenig aufdringlich.

»Das hängt ganz von dem Thema ab, über das geredet wird«, erwiderte sie gelassen. »Ich habe mich eben gefragt, was wohl Ihre Interessen sein könnten, und ich bin zu der Meinung gekommen, daß Sie Politiker sein müssen.«

»Sie sind ja eine ganz Kluge«, antwortete der Gentleman. »Das heißt, wenn Sie nicht mogeln und Ihnen noch niemand gesagt hat, daß ich der Außenminister bin.«

Er war der Earl von Kimberley.

Katrina hielt den Atem an.

Aber schon bald waren sie in ein Gespräch über die Länder vertieft, die für ihn von Interesse waren. Und sie kannte die meisten von ihren Reisen mit den Eltern.

Dann zog ihn jedoch die Lady auf der anderen Seite wieder ins Gespräch.

Katrina hatte den Eindruck, daß der Earl sich der Dame nur widerwillig zuwandte.

Sie sagte sich, daß ihre Mutter bestimmt mit ihr zufrieden gewesen wäre.

Als die Ladys den Speisesaal verließen, schenkte Tante Lucy Katrina nicht die geringste Beachtung.

Eingedenk der Aufforderung, sich niemandem aufzudrängen und sich still im Hintergrund zu halten, gab Katrina sich damit zufrieden, die herrlichen Gemälde an den Wänden zu betrachten.

Außerdem befanden sich noch viele andere Kunstgegenstände und Kostbarkeiten in dem Salon, in dem sie sich auch vor dem Dinner versammelt hatten.

Es gab herrliche Vitrinen mit Sammlungen von Schnupftabakdosen und Dresdner Porzellan zu besichtigen.

Nur wenige Minuten vergingen, bis sich die Gentlemen wieder zu den Ladys gesellten.

Während des Essens hatte man in dem rückwärtigen Salon Kartentische aufgestellt.

Eifrig diskutierten nun alle die Frage, ob man Karten spielen oder sich zu einem Plausch auf den bequemen Sofas niederlassen sollte.

Katrina trat an eins der Fenster und schob den Vorhang ein wenig beiseite.

Zum zweiten Mal an diesem Abend hielt sie den Atem an.

Der Blick nach draußen war faszinierend.

Der Mond stand leuchtend an einem sternenübersäten Himmel, und sein Licht schien das Wasser des Sees in flüssiges Silber verwandelt zu haben.

Der Anblick war so wundervoll, daß sie völlig gebannt war und das Gefühl hatte, als strömte etwas von dieser beinahe unwirklichen Schönheit durch ihre Augen tief in ihr Inneres.

Eine dunkle Stimme neben ihr ließ sie zusammenfahren.

»Ich würde gern wissen, was Sie jetzt am liebsten tun möchten, Miß Darley.«

Ohne darüber nachzudenken, wem die Stimme neben ihr gehören könnte, erwiderte Katrina:

»Am liebsten würde ich jetzt zu den Sternen emporfliegen und danach eintauchen in die silbernen Wasser des Sees.«

Sie hatte sehr leise gesprochen.

Als sie keine Reaktion ihres Gesprächspartners erfuhr, blickte sie sich um und sah, daß es der Duke war, der zu ihr getreten war.

Mit einem, wie sie glaubte, seltsamen Ausdruck in den Augen schaute er sie an.

Dann fragte er mit einer Stimme, aus der sie einen leicht spöttischen Ton herauszuhören meinte:

»Ich freue mich, daß mein Besitztum Ihnen zu gefallen scheint.«

»Das Haus ist – prachtvoll.«

»Und ich hoffe, Sie sehen darin einen angemessenen Hintergrund für seinen Besitzer.«

Nun stand es für Katrina fest, daß er sie verspottete.

Ihr war nicht bewußt, daß sie ihm ein Kompliment gemacht hatte, das ihm alle Frauen machten, sobald sie Lynd zum ersten Mal sahen.

»Ich bin mir nicht ganz sicher, ob es der richtige Hintergrund für Sie ist«, sagte Katrina so leise, als spräche sie zu sich selbst.

»Was meinen Sie damit?« Seine Stimme klang erstaunt.

»Ich mag mich irren, aber ich denke, Sie gehören vor den Hintergrund des schneebedeckten Himalaya oder mitten in die Unendlichkeit des Wüstensandes, auf den erbarmungslos die Sonne niederbrennt.«

Sie begriff selbst nicht, wer oder was ihr diese Worte eingab.

Sie waren ihr in den Sinn gekommen, und sie wußte, daß sie in diesem Augenblick ihr drittes Auge benutzt hatte, obwohl dies gar nicht ihre Absicht gewesen war.

Der Duke schwieg. Dann sagte er scharf:

»Wer hat mit Ihnen über mich geredet?«

»Niemand«, erwiderte Katrina rasch. »Ich bedaure, wenn das, was ich gesagt habe, unhöflich klang. Aber Sie haben mich etwas gefragt, und ich habe spontan darauf geantwortet.«

»Genau das ist es, was mich überrascht hat.«

Er war drauf und dran, sie zu bitten, konkreter zu werden, ihm zu erklären, wie sie auf einen derartigen Gedanken gekommen war.

Doch die Tür des Salons wurde geöffnet, und der Butler verkündete:

»Der Earl und die Komteß von Calverton, Euer Gnaden.«

Dann nahm er seine ganze Willenskraft zusammen und ging auf Anastasia zu.

Während er sich ihr näherte, entging ihm nicht, wie ungewöhnlich reizvoll sie in ihrem Reisekostüm und der federgeschmückten Zobelkappe aussah.

»Mein lieber Duke«, rief sie aus und hielt ihm die Rechte entgegen. »Verzeihen Sie unsere Verspätung, aber es war meinem Gemahl unmöglich, London früher zu verlassen.«

Sie machte eine Pause und schenkte ihm ein entwaffnendes Lächeln.

»Ich erzählte ihm von Ihrer freundlichen Einladung, und er dankt Ihnen zutiefst dafür. Es trifft sich nämlich ausgezeichnet, daß mein Gemahl morgen früh an der Eröffnung der County-Schau in Buckinghamshire teilnehmen muß. Und das hätte bedeutet, daß er noch mitten in der Nacht aus London hätte aufbrechen müssen.«

Der Druck von Anastasias Fingern, die die Hand des Duke umschlossen hielten, sagte ihm, daß sie mit seinem Einverständnis für ihre unerwartete Ankunft rechnete.

Er überlegte fieberhaft, wie er ihr deutlich machen konnte, daß er sie keineswegs eingeladen hatte, als sich der Earl zu Wort meldete:

»Was meine Frau Ihnen zu sagen versucht, Lyndbrooke, ist, daß ich sie bei Ihnen lassen werde und weiterreise, um bei Lord Buckhurst zu wohnen.«

Er machte eine Pause und fuhr dann fort:

»Ich soll den Hauptpreisrichter bei der Rinderschau abgeben, die Buckhurst veranstaltet. Und Anastasia erklärte mir, sie habe keine Lust, mitten in der Nacht aufzustehen und eine so lange Reise auf sich zu nehmen. Aber der eigentliche Grund ist wohl ihr mangelndes Interesse an derartigen Veranstaltungen. Rinder sind nicht ihr Fall, und ich bin sicher, Sie werden das verstehen.«

Er lachte über seinen eigenen Scherz.

Noch bevor der Duke auf die Worte des Earl antworten konnte, schaltete sich Anastasia ein.

»Ich weiß, daß ich bei Ihnen in guter Obhut bin und mich in Ihrem Haus wohlfühlen werde, lieber Duke. Im übrigen ist Lord Buckhursts Haus als kalt, feucht und zugig bekannt.«

Wieder war da der feste Druck ihrer Hand, und endlich fand der Duke die Sprache wieder.

»Natürlich freue ich mich, daß Sie meine Gäste sind.«

»Das ist freundlich von Ihnen, Lyndbrooke«, dröhnte der Earl herzlich. »Ich werde versuchen, morgen so früh wie möglich wieder hierzusein, fürchte allerdings, ich kann es vor dem Dinner nicht schaffen. Aber nun muß ich sehen, daß ich weiterkomme.«

Der Duke begleitete ihn die Treppe hinunter zum Portal.

Anastasia ging mit den beiden und küßte ihren Gatten zum Abschied überschwenglich.

»Amüsiere dich gut, mein Lieber«, sagte sie, »und mach dir meinetwegen keine Sorgen. Falls es nötig ist, noch eine Nacht länger zu bleiben, weil Buckhurst Wert darauf legt, meine Zustimmung hast du. Schließlich wird er ja außer seinen vielen Kühen auch noch ein paar vernünftige Pferde haben.«

Der Earl lachte.

»Ich werd' sie mir bestimmt anschauen. Auf Wiedersehen, Lyndbrooke.« Er reichte dem Duke die Hand. »Es ist sehr anständig von Ihnen, uns bei sich aufzunehmen.«

Langsam stieg der Earl die Stufen der Freitreppe hinunter und kletterte in die Kutsche, die vor dem Haus auf ihn wartete.

Als das Gefährt sich entfernte, wandte sich der Duke zu Anastasia um, die mit funkelnden Augen zu ihm aufschaute.

»Bin ich nicht klug, *mon Brave?*« fragte sie ihn auf Französisch, damit die Diener nicht verstehen konnten, was sie sagte.

»Du bist unverschämt, und das weißt du«, versetzte der Duke mit Schärfe in der Stimme. »Unverschämt und – unberechenbar.«

»Du liebst doch das Unberechenbare.«

»Mein letztes Wort lautete nein, Anastasia.«

»Na und?« antwortete sie. »Du weißt doch genau, daß ich ein Nein als Antwort niemals akzeptiere.«

Sie lachte gurrend, und obwohl der Duke es nicht wollte, fiel er unwillkürlich in ihr Lachen ein.

»Du bist entsetzlich«, sagte er, »und ganz und gar unverbesserlich.«

»Und was könnte reizvoller und faszinierender sein?« fragte sie ihn mit einem verführerischen Augenaufschlag.

*

Nachdem der Duke wieder in den Salon zurückgekehrt war, blickte er sich suchend nach Lady Branston um.

Wie er gehofft hatte, zeigte sie keinerlei Anzeichen von Beunruhigung über Anastasias Ankunft.

Dies sagte ihm, daß über seine Verbindung mit der Komteß vor vielen Jahren noch nichts nach Mayfair gedrungen war.

Da Anastasias Aufdringlichkeit ihn verärgerte, fiel sein Flirt mit Lucy Branston leidenschaftlicher aus, als er dies ursprünglich vorgesehen hatte.

Überdies machte ihm Lord Branston die Sache leicht. Er hatte an einem der Kartentische Platz genommen.

Sie konnten also ohne Schwierigkeiten und ohne daß es jemand bemerkte, in einem Nebenraum verschwinden.

In diesem Raum hingen einige wundervolle

Ölgemälde, die der Duke Lucy zeigen zu wollen vorgab.

»Es sind herrliche Bilder«, sagte er. »Aber keins davon beeindruckt mich im Augenblick stärker als Sie es tun mit diesen Türkisen, die so einmalig zum Blau Ihrer Augen passen.«

»Sie sind sehr liebenswürdig«, erwiderte Lucy mit weicher Stimme.

»Genau das möchte ich sein«, gestand der Duke.

Sie legte ihre Hand in die seine, und er hob sie an die Lippen.

Als ihre Finger sich fest um seine Hand schlossen, wußte er, daß sie sich nach einem Kuß von ihm sehnte.

Rasch ging er zur Tür, durch die sie ins Zimmer gekommen waren, und schloß sie leise.

Dann nahm er Lucy in seine Arme.

Ihre Lippen waren, wie er es erwartet hatte, hingebungsvoll und leidenschaftlich. Gleichzeitig jedoch wirkte sie so beherrscht, wie Anastasia es nie gewesen war.

Beim Gedanken an die frühere Geliebte wurden die Küsse des Duke heftiger und fordernder.

Als sie darauf antwortete, küßte er sie weiter, bis sie mit der Hand an ihre Haare griff, als fürchtete sie, er könnte ihre Frisur in Unordnung bringen oder das Diadem könnte verrutschen.

»Sie sind sehr, sehr schön«, sagte er, und seine Stimme war dunkel vor Leidenschaft.

»Das wünschte ich mir, von Ihnen zu hören«, erwiderte Lucy.

Sie sog die Luft ein und fügte hinzu:

»Wir müssen zurückgehen. Vielleicht... wenn es möglich ist, könnten wir später reden.«

Die Art, wie sie sprach, verriet dem Duke deutlich, was sie meinte.

Ohne ein Wort preßte er seine Lippen auf die ihren.

Dann wurde ihm klar, daß sie wirklich nicht zu lange fortbleiben konnten.

Er gab sie frei und öffnete die Tür zum Salon.

Lautes Stimmengewirr drang an sein Ohr.

Als sie den Raum betraten, nahm er sich vor, von Anastasia keinerlei Unsinn zu dulden.

Er hatte nein zu ihr gesagt, und er meinte nein. Sie würde seine Entscheidung akzeptieren müssen, ob sie wollte oder nicht.

Lady Branston ist sehr taktvoll, dachte er.

Sie äußerte sich vor den Gästen, die ihnen entgegenblickten, begeistert über die Bilder, die der Duke ihr angeblich gezeigt hatte.

»Ich bin ja so glücklich«, sagte sie, »daß wir einige Tage Zeit haben, um uns in dieser wundervollen Höhle Aladins umzuschauen.«

»Genau das denke ich auch immer, wenn ich auf Lynd weile«, sagte jemand.

Als der Duke sich dann von der Gruppe entfernte, betrat Anastasia den Salon.

Sie hatte erstaunlich wenig Zeit gebraucht, um sich umzukleiden.

Er erinnerte sich, daß es zu den angenehmen Eigenschaften Anastasias gehörte, einen Mann nur selten warten zu lassen.

Sie trug ein Kleid, das beim Transport nicht den kleinsten Knitter erhalten hatte, und eilte direkt auf den Duke zu.

»Ich muß dich meinen übrigen Gästen vorstellen«, sagte er förmlich.

»Ich bin nur gekommen, um dich zu sehen, Tristram«, gab sie leise zur Antwort. »Deine Gäste langweilen mich.«

Ein Diener brachte ihr ein Glas Champagner, an dem sie kurz nippte.

Dabei schaute sie ihn über den Rand des Glases hinweg mit ihren verführerischen Augen an. Es stand eine klar erkennbare Frage in ihnen.

»Die Antwort ist nein!«

»Aber habe ich das nicht gut arrangiert? Ich bin allein hier, ohne daß irgend jemand auch nur den geringsten Verdacht schöpfen kann.«

»Es ist dein Arrangement, nicht meins«, erwiderte der Duke.

Sie nippte erneut und sagte:

»Wir werden diese Unterhaltung später fortsetzen, wenn deine Gäste zu Bett gegangen sind. Sie werden sich früh zurückziehen. Es ist Freitagabend. Ich bin sicher, sie sind alle müde.«

»Nein, Anastasia.«

»Wenn du nicht zu mir kommst, komme ich zu dir. Wir müssen unbedingt über uns reden, *mon Brave.*«

»Es gibt nichts zu besprechen.«

Die Augen des Duke waren hart und so war auch seine Stimme. Doch Anastasia lächelte nur und sagte:

»Ich gebe dir zwanzig Minuten Zeit von dem Augenblick an, da alle auf ihre Zimmer gegangen sind. Und falls du deine Tür abgeschlossen hast, werde ich dagegenhämmern, bis alle im Haus es hören.«

Sie wandte sich ab und rauschte mit schwingender Turnüre davon.

Der Duke kochte innerlich vor Zorn, doch es gab nichts, was er hätte tun können.

Er war sich darüber im klaren: Anastasia würde ihre Drohung wahr machen und zu ihm kommen.

Der Duke konnte sich nichts Entsetzlicheres vorstellen, als daß sie gegen die Tür seines Zimmers schlug und so alle Gäste zusammenliefen.

Zu spät fiel ihm ein, daß er den Dienern Anweisung hätte geben müssen, den Earl und die Komteß von Calverton für den Fall ihres eigentlich unerwarteten Eintreffens in einem anderen Flügel unterzubringen.

Leider hatte er dies unterlassen. Er fürchtete, daß man die beiden genau in dem leerstehenden Zimmer am Ende der Treppe einquartiert hatte.

Und das hieß, daß Anastasia gefährlich nahe bei dem Zimmer schlief, in das er wegen der Reparaturarbeiten in der Master Suite ausgewichen war.

Es war die beste Suite, die noch freigewesen war. Sie besaß einen eigenen Ankleideraum und ein kleines Wohnzimmer.

Verzweifelt frage er sich, wie er es Lady Branston klarmachen konnte, daß sie in der Nacht ihr Zimmer nicht verlassen durfte, ohne daß diese mißtrauisch wurde.

Nachdem die Gäste sich zurückgezogen hatten – jeder mit einer brennenden Kerze in der Hand, die ihm von einem Diener in der Halle übergeben worden war –, erkundigte sich der Duke nach dem Zimmer der Calvertons.

Sein Verdacht bestätigte sich.

Anastasia schlief im Queen-Anne-Zimmer. Nur zwei Türen neben Lucy Branston, die in der Charles-II.-Suite untergebracht war.

Die Sache hätte nicht ungünstiger laufen können, aber es war zu spät, daran noch irgend etwas zu ändern.

Der Duke vermochte Lady Branston noch im letzten Augenblick auf der Treppe abzufangen und ihr ganz beiläufig zu verstehen zu geben:

»Ich bin sicher, Sie sind sehr müde von der Reise. Wir werden uns morgen alle viel besser fühlen als heute.«

Ob sie allerdings begriffen hatte, was er ihr damit sagen wollte, war zweifelhaft. Er befürchtete dies zumindest stark.

Anastasia dagegen betrat, die Kerze in der Hand, ihr Zimmer, ohne ein Wort zu sagen – bis auf den Gutenachtgruß.

Doch das Funkeln in ihren Augen hatte Bände gesprochen. Sie war fest entschlossen, ihren Willen durchzusetzen.

Der Duke wußte, es würde ihr gelingen. Er saß in der Falle, und es gab daraus kein Entrinnen.

Er öffnete die Tür seines Zimmers, wo sein Diener bereits auf ihn wartete.

Sollte er ihm erklären, er habe das Bedürfnis, in einem anderen Zimmer zu schlafen? Nein, lieber nicht. Es würde nur Verwirrung bei der Dienerschaft auslösen.

Bei den vielen Gästen waren die eigentlichen Schlafräume in diesem Teil des Hauses sicherlich alle belegt. Und die Räume in den anderen Flügeln waren noch nicht bezugsfertig.

Es war eben alles nicht mehr wie früher, als er noch ein unbedeutender Mann gewesen war. Alles, was er jetzt tat, verursachte Aufregung, wurde über Gebühr beachtet, und die Kunde davon verbreitete sich in Blitzesschnelle.

Und dann der Umstand, den ein plötzlicher Umzug mit sich bringen würde!

Ein Hausmädchen würde gerufen werden, um neue Leintücher für ihn zu holen.

Sein Diener würde seine sämtlichen persönlichen Dinge, einschließlich der elfenbeinernen Haarbürste, des Schuhlöffels, des Stiefelknöpfers und des Kamms, umhertransportieren müssen.

Ebenfalls bedurfte es einer Überführung seiner Sachen für die Nacht und der Kleidung, die er am nächsten Morgen anziehen würde. Und es würde vor allem nicht ohne großes Getuschel und Rätselraten im Untergeschoß abgehen.

»Ich kann nichts tun«, brummte der Duke unbehaglich vor sich hin.

Dann entschloß er sich, so schnell wie möglich Anastasia aufzusuchen und ihr klarzumachen, daß er wirklich nicht die Absicht hatte, die Nacht mit ihr zu verbringen.

Und zwar würde er ihr dies noch deutlicher und unmißverständlicher zu verstehen geben als am Vorabend im Devonshire House.

Was immer auch in der Vergangenheit zwischen ihnen gewesen sein mochte, jetzt war das Kapitel der Vertrautheit und Intimitäten endgültig abgeschlossen.

Er hatte nicht die Absicht, es jemals wieder aufzuschlagen.

Er konnte nur hoffen, daß Lady Branston nicht in der Zeit seiner Abwesenheit an seine Tür klopfte, falls sie seine Andeutung vorhin nicht verstanden haben sollte.

Der Duke wußte, alte Männer schliefen sehr geräuschvoll, was jedoch nicht heißen mußte, daß sie sehr tief schliefen oder sofort nach dem Zubettgehen Schlaf fanden.

Wenn Lucy Branston ihr Zimmer verließ, mußte sie zunächst sicher sein, daß ihr Ehemann fest eingeschlafen war.

»Sie wird nicht zu mir kommen«, murmelte der Duke. »Es wäre viel zu gefährlich für sie.«

Andererseits konnte man es nicht genau wissen. Es war eine äußerst unangenehme Situation, in die er da plötzlich hineingeraten war.

Sein Diener hatte im Schlafzimmer die üblichen Vorbereitungen getroffen und verließ die Suite.

Sobald der Duke allein war, zog er ein weißes Hemd an, das der Diener für ihn herausgelegt hatte. Es war nicht so steif wie das Hemd, welches er beim Dinner getragen hatte.

Dazu trug er lange, eng anliegende Hosen und einen Seidenschal.

Dann schlüpfte er in eine schwarze spitzenbesetzte Samtjacke und ein Paar Samtschuhe, auf die sein Monogramm mit der Herzogskrone aufgestickt war.

Er wußte, es war klüger, bei einem Gespräch mit Anastasia voll angekleidet zu sein, als in Nachtgewand und Seidenmantel zu ihr zu gehen.

Vorsichtig öffnete er die Zimmertür.

Wie erwartet, brannten nur wenige Kerzen auf den silbernen Wandleuchtern.

Das große Treppenhaus dagegen war dunkel, und er konnte die Umrisse der Treppe nur schemenhaft erkennen.

Der Nachtdiener, der unten in der Halle in seinem Polstersessel saß, konnte unmöglich wahrnehmen, was in dem Gang über ihm vorging.

Es sei denn, er lehnte sich weit über das Treppengeländer.

Dicht an der Wand entlang bewegte sich der Duke leise auf Anastasias Tür zu.

Sekundenlang zögerte er, bevor er eintrat.

Er schalt sich einen Narren bei dem Gedanken an das, was er jetzt vorhatte.

Doch es wäre noch unklüger gewesen, wenn er zugelassen hätte, daß sie ihn in seiner Suite aufsuchte.

Dort wäre es unmöglich, ihr zu entkommen.

Seine Lippen preßten sich zu einer harten Linie zusammen, als er die Tür öffnete.

Er merkte nicht, daß im selben Moment eine andere Tür auf dem Korridor leise geöffnet wurde.

4

Wie der Duke erwartet hatte, sah Anastasia betörend aus mit dem schwarzen Haar, das tief auf ihre Schultern herabfiel, und den strahlenden grünen Augen.

Es amüsierte ihn, als er sah, daß sie ein Halsband aus schwarzen Perlen trug.

Er erinnerte sich an ihre Leidenschaft für Schmuck und Edelsteine, die so stark war, daß sie sogar in den intimsten Augenblicken der Liebe nicht darauf verzichtete.

Ihm entging nicht, daß die schwarzen Perlen, genauso wie ihre Smaragde, die Rubine und zahlreiche andere Kolliers, die Weiße ihrer Haut noch mehr hervorhoben.

Sie lag nicht im Bett, sondern saß auf der Bettkante.

Ihr hauchdünnes Nachtgewand tat nichts, um ihren geschmeidigen Körper zu verhüllen.

Der Duke schloß die Tür und blieb stehen, ohne weiter ins Zimmer zu treten.

Ruhig sagte er:

»Ich bin gekommen, Anastasia, weil du mich

gewissermaßen dazu zwingst. Doch ich habe nicht die Absicht, zu bleiben. Es ist vorbei. Und wie ich vorhin schon sagte, wäre es ein großer Irrtum zu glauben, das Rad der Zeit ließ sich noch einmal zurückdrehen.«

Anastasia lächelte.

Dann flüsterte sie verlangend:

»Du bist sehr beeindruckend und begehrenswert, *mon Cher.* Ich habe den Eindruck, deine neue Stellung bekommt dir sehr gut.«

»Hör zu, Anastasia«, sagte der Duke geduldig. »Ich leugne nicht, daß du eine äußerst reizvolle Frau bist, doch du bist jetzt mit einem sehr angesehenen Mann verheiratet. Du solltest dem unbedingt Rechnung tragen. Keine Seitensprünge und Eskapaden also!«

»Ich habe dir schon erklärt, daß du der einzige Mann bist, der mich von derartigen Ambitionen abhalten könnte«, erwiderte Anastasia mit weicher, verführerischer Stimme. »Erinnerst du dich noch daran, wie eifersüchtig du warst und wie herrlich grausam, wenn ich dich in Wut versetzt hatte, Tristram?«

Der Duke machte einen zögernden Schritt auf den Kamin zu und blieb mit dem Rücken zum Feuer stehen.

Obwohl es tagsüber recht warm war, konnte es in den Nächten oft noch empfindlich kalt werden.

Im Augenblick spürte er die Kälte doppelt stark. Obwohl im Kamin ein Feuer brannte und er nur wenige Fuß davon entfernt stand, schien es keine Wärme auszustrahlen.

»Ich bin zu dir gekommen, weil du mir praktisch keine Wahl gelassen hast«, sagte er nach einer kurzen Pause. »Aber nun werde ich wieder in mein Zimmer zurückgehen. Und wenn du mein Gast bleiben willst, kann ich dich nur bitten, nicht zu vergessen, daß du eine verheiratete Frau bist.«

Anastasia warf den Kopf in den Nacken und lachte.

»Darling, wie gespreizt und bombastisch du als Duke bist! Ich glaube, als mittelloser Soldat hast du mir viel besser gefallen.«

»Den zu heiraten du dich strikt geweigert hast!« entgegnete der Duke scharf.

»Was sehr, sehr dumm von mir war. Jetzt sage ich mir voller Bitterkeit und Zerknirschung, was ich mir dadurch habe entgehen lassen.«

Der Duke antwortete ihr nicht, und nach einem Augenblick fügte sie hinzu:

»Aber ich bin immer noch eine Frau, und du bist immer noch ein Mann. Ich weiß genau, wenn wir einander berühren, wird das Feuer, das uns damals verbrannt hat, wieder aufflammen.«

»Ich bezweifle es«, erklärte der Duke unbeeindruckt. »Im übrigen habe ich nicht den geringsten Wunsch, es herauszufinden, Anastasia.«

»Aber ich«, gurrte sie.

Sie erhob sich vom Bett.

Als sie auf ihn zukam, rührte er sich nicht. Er fragte sich, was sie tun würde.

Er wußte, es wäre sowohl für ihn als auch für sie ein großer Fehler, wenn er sich durch Anastasias Schmeicheleien und Verführungskünste einwickeln ließe.

Er dachte daran, wie unbeherrscht und naiv sie war.

Und er war sicher, daß der Earl von Calverton sich von seiner Ehefrau keine Dummheiten gefallen ließ.

Dieser Mann würde seine Ehre mit allen ihm zur Verfügung stehenden Mitteln verteidigen.

Der Earl würde ihn zwar nicht zum Duell fordern. Eine solche Methode, die Differenzen zwischen einem gehörnten Ehemann und dem Liebhaber seiner Frau beizulegen, war nicht mehr zeitgemäß, obwohl gelegentlich immer noch das eine oder andere Duell stattfand.

Der Earl würde sich von Anastasia scheiden lassen und ihn, den Duke, als Ehebrecher bloßstellen.

Er würde ihn bei Gericht verklagen und ihm einen langwierigen und aufsehenerregenden Prozeß aufzwingen, der sicher auch vor dem Parlament zur Sprache kommen würde.

Derartige Fälle hatte es vor kurzem mehrfach gegeben.

Die Zeitungen hatten darüber berichtet und es nicht unterlassen, intimste Einzelheiten ans Licht der Öffentlichkeit zu zerren.

Im Geiste sah er bereits in aller Deutlichkeit, wie über Anastasia und ihn hergezogen wurde und man ihr Leben von oben nach unten wendete.

Anastasia hatte ihn nun erreicht. Sie streckte die Arme aus, um seinen Nacken zu umschlingen.

Die Reaktion in ihm war erstaunlich, und er hätte sie nie für möglich gehalten. Der Duke spürte plötzlich, daß sie keine Macht mehr über ihn besaß. Ihre Anziehung war erstorben.

Er konnte es sich nicht erklären, denn keine Frau hätte verlockender und begehrenswerter aussehen können als Anastasia in diesem Augenblick.

Ihre Nacktheit wurde von dem zarten Nachtgewand eher noch hervorgehoben als verhüllt.

Ganz deutlich erkannte der Duke, daß die sanfte Wölbung ihrer Brüste immer noch die alte Festigkeit besaß und daß ihre Taille mit der eines jungen Mädchens immer noch konkurrieren konnte.

Und auch die knabenhaften Hüften waren die gleichen, die ihn in der Vergangenheit so sehr entzückt hatten.

Dennoch verriet sein Körper keinerlei Reaktionen auf ihre Reize.

Voller Verachtung dachte er, daß ihre Bemühungen, ihn zu verführen, erfolglos sein würden.

Es war zu Ende, unwiderruflich und absolut zu Ende.

Die Fesseln der Sklaverei und der Abhängigkeit, die er noch so lange nach ihrer Trennung gespürt hatte, waren von ihm abgefallen.

Alle Frauen hatte er verachtet, weil er Anastasia noch wie ein Gift in seinem Blut hatte und sich nicht von ihr befreien konnte.

Er erinnerte sich an die langen Nächte, in denen er ruhelos wachgelegen und unter der Hitze der Luft genauso gelitten hatte, wie unter der Hitze in seinem Körper, den das Verlangen nach ihr bis ins Unerträgliche quälte.

Anastasia schmiegte sich an ihn, und der Duft ihres exotischen Parfüms stieg zu ihm hoch.

Ihre Lippen öffneten sich einladend, und er spürte förmlich, wie die Flammen der Leidenschaft in ihr aufloderten.

Doch in ihm war nichts dergleichen. Er blieb kalt und leidenschaftslos wie ein Eiszapfen.

»Mon Cher, je t'adore«, flüsterte sie. Es waren die Worte, die er so oft von ihr gehört und die er sich so sehr ersehnt hatte, als Anastasia nicht mehr da war, um sie auszusprechen.

Doch seine Reaktion darauf hätte nun nicht gefühlloser sein können, wenn sie ihn gebeten hätte, ihm das Salz zu reichen.

Er hob die Arme, umfaßte ihre Handgelenke und löste ihre Hände von seinem Hals.

»Es tut mir leid, Anastasia«, sagte er ruhig.

Ungläubig sah sie ihn an.

»Willst du mir sagen, daß ich dir nichts mehr bedeute?« fragte sie nach einem Augenblick.

»Was vorbei ist, ist vorbei«, erklärte der Duke. »Und es wäre ein Fehler, ein schwerer Fehler für uns beide, wenn wir zurückblicken würden.«

»Ich glaube dir nicht.«

Sie legte ihm die Hände mit den langen, muschelförmigen Fingernägeln, die er tausende Male geküßt hatte, auf die Brust.

Sie drängte sich noch fester an ihn als zuvor und sagte:

»Küß mich, Tristram. Küß mich, und du wirst spüren, daß du dich irrst. Du begehrst mich immer noch – genauso, wie ich dich begehre.«

Der Duke umfaßte ihre Schultern und drehte sie zum Bett um.

»Ich weiß, du bist vernünftig genug, zu erkennen, daß ich nein meine, wenn ich nein sage. Ich halte es für das beste, wir sehen uns nie mehr wieder, nachdem du und dein Mann Lynd in den nächsten Tagen verlassen habt.«

Anastasia fuhr zu ihm herum. Der Ausdruck in ihrem Gesicht hatte sich nun völlig verändert.

»Aber ich bin nicht vernünftig. Ich liebe dich, Tristram. Ich habe dich immer geliebt, und ich werde dich niemals gehen lassen.«

»Du magst mich einmal geliebt haben, den Mann in mir. Aber du weißt sehr gut, daß dies nicht genügt. Du wolltest Geld, Anastasia, Reichtum, eine gesellschaftliche Stellung, die ich dir damals nicht bieten konnte und die du wenig später erlangt hast. Jetzt solltest du dich damit zufrieden geben.«

»Und wenn ich das nicht kann?« stieß Anastasia hervor. »Soll ich dir sagen, daß ich dich nie, nie vergessen habe, daß ich mich unablässig nach dir gesehnt habe? Nur der Allmächtige weiß, wie sehr.«

Sie holte tief Atem, bevor sie fortfuhr:

»Nun können wir zusammensein, und du kannst mich auf die gleiche Weise lieben, wie du es damals getan hast.«

Der Duke lächelte. Um seine Lippen war ein bitterer Zug.

»Jetzt redest du wie ein Kind. Die Dinge lassen sich nicht einfach wiederholen, und soweit es mich betrifft, ist alles anders geworden.«

»Ich werde schon dafür sorgen, daß du mich wieder begehrst«, erwiderte Anastasia wild.

Sie warf sich ihm entgegen.

Als er die Arme ausstreckte, um sie daran zu hindern, drehte jemand den Türknauf.

Das Geräusch kam so unerwartet, daß beide, Anastasia und der Duke, wie gebannt hinschauten.

Im gedämpften Licht der Kerzen, die neben dem Bett brannten, beobachteten sie, wie der Knauf sich langsam bewegte.

Dann hörten sie eine Stimme, die flüsterte:

»Ich bin's, Anastasia. Laß mich herein!«

Der Duke blickte Anastasia an, und er sah den Ausdruck der Angst auf ihrem Gesicht und in ihren Augen.

Wenn er sich nicht in einer so heiklen Situation befunden hätte, wäre er vor Lachen laut herausgeplatzt.

Er konnte nun feststellen, wie wenig ihre Liebesbeteuerungen taugten, wenn es darauf ankam.

»*Mon Dieu,* mein Mann!«

Ihre Lippen formten die Worte, die kaum zu hören waren.

Von der Tür her erscholl ein lautes Klopfen, so als würde der Earl ungeduldig.

»Laß mich herein, Anastasia!« rief er in deutlich schärferem Ton als zuvor.

Der Duke blickte sich im Zimmer um und sah die Tür, die zum Ankleideraum führte.

Er wollte sich eben in Bewegung dorthin setzen, als ihm einfiel, daß die Diener das Gepäck des Earl hinaufbringen würden, falls dieser aus einem unbekannten Grund zurückgekehrt war.

Spätestens dann würde man ihn entdecken. Dieser Weg war ihm also versperrt.

Fast gleichzeitig richteten sich seine und Anastasias Augen auf die Fenster.

Es gab zwei davon im Raum.

Kurz entschlossen eilte der Duke auf das Fenster zu, das dem Schlafraum auf der anderen Seite am nächsten lag.

Während er lautlos über den dicken Teppich lief, klopfte der Earl zum drittenmal.

Nun lieferte Anastasia eine Probe vollendeter Schauspielkunst und fragte verschlafen:

»Was – ist? Was wünschen Sie?«

»Ich bin's, Anastasia!«

Sie stieß einen leisen Schrei aus, den man als Ausdruck der Freude hätte deuten können. Dann rief sie:

»Hugo?«

Ein weiterer Ausruf offenkundigen Entzükkens folgte. Dann:

»Du bist – zurück?«

Während sie sprach, verschwand der Duke hinter dem Vorhang.

Leise schob er den unteren Teil des Fensters in die Höhe und kletterte auf den Balkon hinaus.

Der dritte Duke hatte an den Fenstern auf der Rückseite des Hauses nachträglich Balkone mit schmiedeeisernem Geländer anbringen lassen, wie es in der Regency-Zeit Mode gewesen war.

Auf der Vorderseite hatte er davon Abstand genommen, um die Klarheit und Einfachheit des Adamschen Stils nicht zu zerstören.

Man konnte allerdings nicht umhin, zuzugeben, daß die spätere Baumaßnahme den Teil des Gebäudes, der zum Garten hinausging, zumindest nicht verunstaltet hatte. Manch einer war sogar der Meinung, das Gebäude habe dadurch gewonnen.

Die Balkone waren nicht groß.

Während der Duke aus dem Fenster stieg und wohlbehalten draußen ankam, wurde ihm bewußt, daß der Balkon nicht bis zum Nachbarzimmer reichte, sondern nur die Breite der beiden Fenster einnahm.

Zwischen diesem Balkon und dem des Nachbarzimmers klaffte ein Zwischenraum von etwa drei Fuß.

Er mußte den Sprung wagen. Es blieb ihm nichts anderes übrig, als das Risiko auf sich zu nehmen, vierzig Fuß in die Tiefe zu stürzen, falls ihm der Sprung auf den Nebenbalkon mißlang.

In der Schule war er ein guter Springer gewesen.

Mit einem spöttischen Lächeln auf den Lippen sagte er sich, daß er jetzt im Mondschein die Entfernung eventuell falsch einschätzen konnte.

Dann würde er tot oder schwer verletzt auf der Erde unter ihm landen.

Dennoch hatte er eine Chance. Die einzige. Und er mußte sie ergreifen, denn in diesem Augenblick hörte er, daß Anastasia die Schlafzimmertür öffnete und – ganz glückliche Ehefrau – ausrief:

»Liebling, was für eine wundervolle Überraschung! Doch sag, was ist geschehen?«

»Ich hatte zehn Meilen von hier einen Unfall«, erwiderte der Earl. »Irgend so ein schwachsinniger Bauerntölpel raste mit seinem Fuhrwerk aus einer Seitenstraße direkt in meine Kutsche und beschädigte mir ein Rad. Ich mußte den Vikar im nächsten Dorf bitten, mir seine Gig zu leihen.«

»Wie schrecklich für dich!« rief Anastasia. »Aber ich bin ja so glücklich, *mon Cher,* daß du nicht verletzt wurdest. Ich hab' mich so allein gefühlt ohne dich.«

Der Duke hatte genug gehört.

Er fragte sich, wie er dieser Frau mit ihrer verlogenen Scheinheiligkeit jemals hatte glauben können.

Inzwischen hatte er seine Samtschuhe ausgezogen und hielt sie in der Hand. Barfüßig stieg er über das Eisengeländer.

Mit der freien Hand tastete er sich an der Hausmauer entlang, stützte sich auf einem Sims ab, blickte zum benachbarten Balkon und nahm Maß.

Dann atmete er tief ein und sprang.

Er registrierte erleichtert, daß er genau in der Mitte des Balkons gelandet war, und zog die Hausschuhe wieder an.

Zufrieden dachte er, daß die Jahre der Verweichlichung seiner Kondition und seinen sportlichen Fähigkeiten noch nicht geschadet hatten.

Er wußte, es war ein Fehler, sich lange auf dem Balkon aufzuhalten.

Wenn das Unglück es wollte, warf der Earl einen Blick aus dem Fenster und entdeckte den Besucher seiner Frau.

So leise wie möglich betrat der Duke das Zimmer, dessen Fenster zum Glück weit offenstand.

Auch die Vorhänge waren zurückgezogen, und er stellte fest, daß der Gast, der dieses Zimmer bewohnte, bereits zu Bett gegangen war und schlief.

Der Duke hatte in der Armee gelernt, sich ohne das kleinste Geräusch zu bewegen, und er hoffte, den Raum durchqueren zu können, ohne gehört zu werden.

Er würde die Tür erreichen, ohne den Schläfer aufzuwecken, und dann unbemerkt auf den Gang hinausschleichen.

Es gelang ihm in der Tat, bis in die Mitte des auf einmal ungewöhnlich großen Zimmers zu gelangen.

Plötzlich öffnete sich die Tür, und Lucy Branston, einen kleinen Leuchter mit drei brennenden Kerzen in der Hand, trat ein.

Der Duke blieb stehen und starrte sie an, während sie, den Ausdruck äußerster Fassungslosigkeit in der Stimme, sagte:

»Euer Gnaden, das ist ja eine Überraschung! Was sollten Sie denn in diesem Zimmer zu suchen haben?«

Erst jetzt erkannte der Duke, daß er sich im Zimmer von Lord Branstons Nichte befand.

Die Stimme der Tante hatte Katrina geweckt, und das Mädchen richtete sich im Bett auf.

»Was ist geschehen?« fragte sie. »Was ist – Tante Lucy?«

Ihre Stimme war jung und klang erschreckt, aber Lady Branston wandte nicht einmal den Kopf.

Sie starrte den Duke an. Ihre Augen funkelten vor Wut und Empörung. Schlagartig wurde dem Duke bewußt, was geschehen war.

Wie er befürchtet hatte, war Lady Branston zu seinem Zimmer gegangen und hatte ihn nicht angetroffen. Sie fragte sich, wohin er gegangen sei.

Frauen, dachte er, Frauen sind alle unversöhnlich und rachsüchtig, eine wie die andere.

Lucy mußte die Rückkehr des Earl mitbekommen haben – Lärm genug hatte er ja gemacht. Und da Anastasia ihm nicht sofort geöffnet hatte, zählte Lucy eins und eins zusammen und gelangte zu dem Schluß, daß der Mann, den sie besuchen wollte, sich im Zimmer der Komteß von Calverton aufhalten mußte und daß nur das Zimmer ihrer Nichte für ihn als Fluchtmöglichkeit in Frage kam.

Lady Lucy sah sehr reizvoll aus, und er wußte es zu schätzen, daß sie sich für ihn so schön gemacht hatte.

Sie trug ein Negligé, das zum Blau ihrer Augen paßte und reichlich mit Spitzen besetzt war.

Ihr blondes Haar war gebürstet, und es schimmerte im Schein der Kerzen wie Gold.

Er wußte, daß er sie hinreißend gefunden hätte, wäre er auf seinem Zimmer geblieben, wie es seine Absicht gewesen war.

Aber jetzt war sie wütend, ihre Augen funkelten ihn an.

Die Lippen hatten einen strengen Schwung, und nichts mehr daran war weich und hingebungsvoll wie vorhin, als er sie im Nebenzimmer des Salons geküßt hatte.

Sie wartete auf eine Antwort.

Mit einer Beherrschung, die zum Teil nur gespielt war, sagte er:

»Ich fürchte, ich habe mich geirrt. Ich hatte keine Ahnung, daß dies der Raum ist, den Ihre Nichte bewohnt.«

Er hielt es für klug, hinzuzufügen:

»Als ich hörte, daß der Earl von Calverton zurückgekommen sei, glaubte ich dummerweise, dies wäre der Ankleideraum, den er benutzen würde. Ich vergaß, daß dieser Raum auf der anderen Seite vom Schlafzimmer seiner Frau liegt.«

»Sie erwarten wohl kaum, daß ich Ihnen das abnehme«, sagte Lucy scharf.

Der Duke überlegte noch, was er darauf antworten sollte, als hinter Lady Branston eine untersetzte, in eine dicke Strickjacke gehüllte Gestalt auftauchte.

»Was ist los, Lucy?« wollte Lord Branston ungeduldig wissen. »Ich wachte durch ein Klopfgeräusch auf und stellte fest, daß du nicht im Zimmer warst.«

Sekundenlang herrschte unter den vier Menschen ein belastendes Schweigen.

Doch noch bevor der Duke etwas sagen konnte, erwiderte Lucy:

»Auch ich wurde plötzlich durch ein Klopfen aufgeweckt. Ich glaubte, es wäre an Katrinas Tür. Doch als ich ging, um nachzuschauen, entdeckte ich zu meinem höchsten Erstaunen Seine Gnaden bei ihr.«

»Seine Gnaden?« fragte Lord Branston und trat weiter ins Zimmer.

Da er hinter seiner Frau gestanden hatte, blendeten ihn die Kerzen, die sie in der Hand hielt.

Jetzt erst sah er, daß sich tatsächlich der Duke im Raum befand.

»Was ist geschehen? Was in aller Welt geht hier vor?«

Er schaute den Duke an, dann Katrina.

Sie saß aufrecht im Bett. Ihre Haare schienen wie flüssiges Silber auf ihre Schultern zu fließen.

Ihre großen Augen schienen noch größer zu werden, während sie erstaunt die Vorgänge in ihrem Schlafzimmer beobachtete.

»Ich kann meine Anwesenheit in diesem Raum sehr einfach erklären«, sagte der Duke zu Lord Branston. »Als ich erfuhr, daß der Earl unerwartet zurückgekommen war, kam ich her, um zu sehen, ob man sein Gepäck ordnungsgemäß in sein Ankleidezimmer gebracht hatte. Irrtümlich war ich der Meinung, es handle sich dabei um diesen Raum, anstatt um den auf der anderen Seite vom Schlafzimmer der Komteß.«

Er redete so langsam und deutlich, als spräche er zu einem Kind.

Bevor ihr Mann etwas äußern konnte, meldete sich Lady Branston zu Wort.

»Das mag zwar plausibel klingen«, meinte sie, »aber es ändert nichts an der Tatsache, daß ich Sie mitten in der Nacht im Schlafzimmer eines jungen, unschuldigen Mädchens angetroffen habe.«

Während sie sprach, ließ sie den dreiarmigen

Leuchter, als wäre er ihr zu schwer geworden, sinken und setzte ihn auf einer Kommode ab.

»Well, natürlich«, kam es leise und stockend über Lord Branstons Lippen. »Ich muß Ihre Erklärung akzeptieren, Lyndbrooke. Aber ich hoffe, niemand außer uns hat mitbekommen, daß Sie in diesem Raum waren. Andernfalls wäre das sehr schädigend für den guten Ruf meiner Nichte.«

»Das ist ganz klar«, entgegnete der Duke. »Und ich entschuldige mich bei Miß Darley hiermit in aller Form. Ich war bereits eingeschlafen, als man mich von der Rückkehr des Earl in Kenntnis setzte. Ich war also noch im Halbschlaf, als ich aufstand. Ich nehme an, mein Verstand arbeitete noch nicht normal.«

Er zwang sich zu einem Lächeln und schaute Lucy Branston an in der Hoffnung, sie beschwichtigt zu haben.

Wie dem auch sein mochte, sie war noch immer äußerst wütend.

Er spürte ihre Verärgerung und Eifersucht, die sie gleichsam wie einen Strom gegen ihn aussandte.

»Dann wäre ja alles wieder in Ordnung«, sagte Lord Branston. »Ich schlage vor, wir gehen nun wieder in unsere Zimmer zurück und versuchen zu schlafen. Ich muß zugeben, daß ich schrecklich müde bin.«

Er wandte sich zum Gehen.

Der Duke schaute Lucy an. Als ihre Augen

einander begegneten, sah er, wie der Ausdruck in den ihren sich auf eine unerklärliche Weise veränderte.

Es war, als dächte sie an etwas sehr Erfreuliches, das ihre Verärgerung gleichsam fortgeblasen hätte.

Als ihr Mann die Tür erreicht hatte, sagte sie mit leiser, sanfter Stimme:

»Ich glaube, Liebling, es ist etwas zu leichtgläubig von dir, die Erklärung des Duke so einfach zu akzeptieren. Es erscheint mir nämlich recht seltsam, daß er die Zeit dazu hatte, sich nach der Nachricht von der Ankunft des Earl noch so elegant anzuziehen, wo er doch angibt, bereits geschlafen zu haben.«

Sie machte eine Pause, und als ihr Mann schwieg, fuhr sie fort:

»Es können doch nur ein paar Augenblicke vergangen sein, denn du behauptest, der Lärm, den der Earl an der Tür seiner Frau veranstaltete, habe dich aufgeweckt.«

»Was sagst du da?« fragte Lord Branston. »Wovon sprichst du eigentlich?«

»Du weißt in diesen Dingen eigentlich viel besser Bescheid als ich«, zwitscherte Lady Branston unschuldsvoll. »Aber bist du nicht auch der Meinung, der Duke sollte den Schaden, den er der Reputation der armen Katrina zugefügt hat, wiedergutmachen?«

Entsetztes Schweigen bei Lord Branston und dem Duke.

Dann begriff der Ältere der beiden, was Lady Lucy sagen wollte. Verlegen erklärte er:

»Ich verstehe, meine Liebe. Ich bin sicher, daß Lyndbrooke sich den Umständen entsprechend wie ein Gentleman verhalten wird.«

Der Duke atmete tief, bevor er sagte:

»Das ist etwas, das wir beide morgen in aller Ruhe besprechen werden, Branston. Bis dahin halte ich es für unabdingbar, daß niemand – ich wiederhole, niemand – außer uns vieren etwas davon erfährt, was heute abend hier vorgefallen ist.«

Er sprach mit Autorität und Nachdruck und schaute Lucy dabei fest an.

Sie lächelte ihm zu, und wieder war da dieser Ausdruck in ihren Augen, den er nicht zu deuten wußte.

Lord Branston klang noch verlegener als vorhin, als er sagte:

»Sicher, wir sprechen morgen früh darüber. Sie haben völlig recht, wenn Sie verlangen, daß wir über den ganzen Vorfall Schweigen bewahren sollten.«

Er trat auf die Empore hinaus, und als der Duke ihm folgte, wandte sich Lucy um und schaute Katrina an, die bisher noch kein Wort geäußert hatte.

Katrina saß immer noch im Bett, völlig verwirrt durch das Geschehene, das sie nicht im geringsten begriffen hatte.

Lucy betrachtete sie mit funkelnden Augen,

und als sie sah, wie jung das Mädchen war und wie reizvoll, wurden ihre Lippen zu einem harten Strich.

Sie setzte an, etwas zu sagen, unterließ es dann jedoch.

Hastig ergriff sie den Kerzenleuchter, den sie aus ihrem Schlafzimmer mitgebracht hatte, und verließ wortlos das Zimmer. Sie folgte ihrem Ehemann, der bereits nicht mehr zu sehen war.

Lord Branston legte sich sofort wieder zu Bett.

Als Lady Branston den Leuchter wieder an seinen Platz gestellt hatte, sagte sie mit der sanften Stimme, die sie immer dann gebrauchte, wenn sie bei ihm etwas durchsetzen oder ihn zu etwas bewegen wollte:

»Du hast wie immer völlig recht, Hugo, wenn du dem Duke klarmachst, daß er Katrina gegenüber zu einer Wiedergutmachung verpflichtet ist. Ihre Reputation als anständiges, unbescholtenes Mädchen ist dahin, wenn bekannt wird, daß er sich in der Nacht auf eine so undurchsichtige Weise in ihrem Zimmer aufhielt.«

Lord Branston schaute seine Frau über die Länge des Raumes hinweg an.

»Du willst damit doch wohl nicht andeuten, daß er vorhatte, das Kind zu verführen?«

»Lassen wir es dahingestellt sein«, erwiderte Lucy. »Fest steht jedenfalls, daß es mit dem guten Ruf deiner Nichte für immer vorbei ist, wenn auch nur die kleinste Einzelheit dieser unglückseligen Episode an die Öffentlichkeit gelangt.«

Sie machte eine wirkungsvolle Pause, bevor sie fortfuhr:

»Bist du dir darüber im klaren, was man von einem Mädchen – sei es auch noch so jung und unschuldig – sagt, wenn herauskommt, daß sich mitten in der Nacht ein Mann in ihrem Schlafzimmer aufgehalten hat?«

»Ich kann mir einfach nicht vorstellen, daß Lyndbrooke, der sie vor dem heutigen Abend noch nie gesehen hat, etwas in dieser Art im Schilde führte«, meinte Lord Branston.

»Darauf kommt es nicht an, und das wirst du sicher verstehen, Liebling. Was wirklich zählt, ist die Tatsache, daß die Tochter deiner armen Schwester die Zeche zahlen muß.«

Sie schwieg und begann sich die Haare zu bürsten.

»Man wird sie behandeln wie eine Hure. Sie wird in der großen Gesellschaft verfemt sein, wenn man sich von ihr erzählt, daß sie um ein Uhr nachts in ihrem Schlafzimmer Herrenbesuch erhielt.«

Lord Branston krauste die Stirn, schwieg jedoch. Lucy fuhr fort:

»Wie immer siehst du die Sache richtig, und wie immer bewundere ich dich dafür. Er muß sich einfach wie ein Gentleman benehmen, wenn er ungeschoren aus dieser Situation herauskommen will. Keine Frage: er wird sie heiraten müssen. Je früher, um so besser. Vor allem dann, wenn die Dinge schlimmer liegen, als wir vermuten.«

Der entsetzte Tonfall, mit dem Lucy die letzten Worte gesprochen hatte, ließ an ihrer Absicht keinen Zweifel.

Am Gesichtsausdruck ihres Gatten erkannte sie, daß er genau verstanden hatte, was sie von ihm erwartete.

Trotzdem machte er noch einen letzten Versuch, ein Wort für den Duke und zu dessen Verteidigung zu sagen.

»Wenn wir alle den Mund halten – vor allem du, liebe Lucy –, sehe ich keinen Grund, weshalb irgendein Mensch etwas von der Sache erfahren sollte.«

Lucy lachte ihr silberhelles Lachen, das sie schon in ihrer Schulzeit so wirkungsvoll eingesetzt hatte.

»Liebster Hugo, du bist zu gutmütig. Du suchst immer wieder eine Entschuldigung für die Schwächen und Fehler anderer. Aber du mußt doch gesehen haben, wie die Diener das Gepäck des Earl nach oben brachten.«

Sie machte eine Pause, dann fuhr sie fort:

»Sie müssen uns genauso gesehen haben, wie ich sie sah, als ich aus Katrinas Schlafzimmer kam. Sie werden sich gewiß ihre Gedanken darüber gemacht und es zumindest recht eigenartig gefunden haben.«

Lucy machte eine leichte Handbewegung, als sie hinzufügte:

»Falls ein Diener irgend etwas gesehen oder gehört hat, wird es morgen früh das gesamte Gesinde wissen. Und was, glaubst du, werden die Zofen und Kammerdiener ihren Herrschaften erzählen?«

Schweigen.

Dann drehte Lord Branston sich mit einem Ächzen auf die Seite und murmelte:

»Du hast ja recht, Lucy. Ich werde morgen mit Lyndbrooke reden. Aber jetzt möchte ich schlafen.«

Er schloß die Augen. Lucy warf einen schnellen Blick in den Spiegel, bevor sie die Kerzen ausblies.

Sie war clever gewesen, cleverer als sie es sich jemals zugetraut hätte.

Sie war dieses schreckliche Mädchen los.

Gleichzeitig hatte sie dafür gesorgt, daß sie selber in Lynd stets und mit absoluter Gewißheit willkommen war.

Sie wußte, was der Duke für sie empfand.

Als sie ihn vorhin in Anastasias Schlafzimmer verschwinden sah, hatte sie eine so rasende Eifersucht verspürt wie nie zuvor in ihrem Leben.

Wenn es ihr möglich gewesen wäre, sie hätte den Duke getötet für die Art und Weise, wie er sie behandelte.

Er wußte doch, daß sie zu ihm hatte kommen wollen, sobald ihr Mann eingeschlafen war.

Nun würde es keinen Grund mehr zu Hast

und Hektik geben. Auch würde sie die Stunden nicht mehr zählen müssen, in denen sie das Glück haben würde, mit dem Duke zusammenzusein.

Wenn Katrina verheiratet war – und der Duke würde sich nicht vor einer Heirat mit ihr drücken können –, würde sie, Lucy, es ihm unmißverständlich klarmachen.

Er war ein intelligenter Mann. Er würde erkennen, daß dann alles sehr viel leichter für sie beide sein würde.

Es würde unzählige Möglichkeiten geben, wo sie zusammensein konnten.

Kein Mensch würde Verdacht schöpfen, niemand würde auch nur auf den Gedanken kommen, daß sie etwas anderes war als die sehr besorgte und liebevolle Tante seiner jungen Frau.

»Günstiger hätte es gar nicht kommen können«, sagte sich Lucy. »Und es wird ganz gewiß das Ende sein für diese herausgeputzte, schlangengleiche Komteß von Calverton.«

Sie hatte es gleich gespürt: Anastasia konnte ihr gefährlich werden. Sie war eine Rivalin, die sie ernst zu nehmen hatte.

Der Blick, den sie dem Duke zuwarf, als sie ihm gute Nacht sagte, war ihr nicht entgangen.

Lucys Argwohn war jedoch erst erwacht, als sie gesehen hatte, daß der Duke in Anastasias Schlafzimmer verschwand.

Sekundenlang verlor sie so sehr die Beherrschung, daß sie die andere, ohne zu zögern, mit eigenen Händen hätte erwürgen mögen.

Als sie den Duke dann in Katrinas Zimmer fand, wußte sie sofort, daß er es nur als Fluchtweg benutzt hatte. Wohin sonst hätte er vor dem Earl auch fliehen sollen?

Ihrem scharfen Auge war aber auch nicht die Korrektheit seiner Kleidung entgangen.

Es war nicht der Aufzug eines Mannes, der sich hastig anzog, weil er nebenan etwas klopfen hörte.

Deutlich erkannte sie, daß der Seidenschal um seinen Hals nicht die Spur einer Unordnung verriet.

Seine Samtjacke saß tadellos und zeigte nicht den kleinsten Knitter, was eigentlich zu erwarten gewesen wäre.

Und so stand es zu Lucys Beruhigung hundertprozentig fest, daß es Anastasia nicht gelungen war, ihn in ihr Bett zu locken.

Lucy hatte den Gedanken noch nicht zu Ende gedacht, als sie spürte, wie ihr Zorn verrauchte.

Der Plan, der ihr durch den Kopf gezuckt war, erschien ihr nun wie ein Licht in der Finsternis.

Katrina war jung, unschuldig und, wie Lucy glaubte, sehr einfältig.

Eine Heirat mit dem Duke würde ihr eine Stellung im Leben geben, auf die sie nie hätte hoffen können.

Als Lucy endlich zu Bett ging, sah sie, daß ihr Mann bereits fest schlief.

Sie lag in der Dunkelheit und malte sich die Gesellschaften aus, die der Duke auf ihren Wunsch hin auf Lynd veranstalten würde.

Sogar der Prinz von Wales würde unter den Gästen sein.

Als Tante des Duke würde sie einen Platz in der Welt des Adels einnehmen, der noch angesehener war als der, den sie schon jetzt einnahm.

Sie zwang sich innerlich zur Ruhe, versuchte sich zu entspannen.

Sie mußte jetzt unbedingt schlafen, wenn ihr Aussehen in den nächsten Tagen nicht leiden sollte.

Die Dinge würden bestens für sie stehen, je schneller der Duke und Katrina heirateten.

Es wäre zum Vorteil für alle Beteiligten, vor allem aber zu ihrem eigenen.

*

Der Duke fand in dieser Nacht keinen Schlaf.

Er stand am Fenster und schaute mit blicklosen Augen nach draußen.

Wie konnte er der Falle entrinnen, die Anastasia ihm gestellt hatte?

Sie würde allerdings bald wissen, daß der Erfolg nicht der war, den sie sich gewünscht hatte.

Die Entschlossenheit in Lucys Augen ließ keinen Zweifel darüber, daß sie auf Lord Branston Druck ausüben würde.

Und dieser würde von ihm verlangen, daß er Katrina heiratete. So wie der Duke die Dinge im Augenblick sah, würde er an einer Einwilligung nicht vorbeikommen.

Er war sich darüber klar, daß Lucy recht hatte mit der Behauptung, daß die Gesellschaft nur eine einzige Erklärung für sein Verhalten finden würde, sobald bekannt wurde, daß man ihn mitten in der Nacht im Schlafzimmer eines jungen, unverheirateten Mädchens entdeckt hatte.

Nur eine Heirat würde Katrinas guten Ruf in der Öffentlichkeit wiederherstellen.

Er hoffte natürlich, daß niemand etwas von dem Vorfall erfahren würde.

Aber einer Frau mit einem Geheimnis war nicht zu trauen. Das wußte er.

Vor allem nicht, wenn eine Nebenbuhlerin dabei im Spiel war.

»Sie werden reden. Natürlich werden sie darüber reden«, murmelte er. »Die Tante – und vielleicht auch die Nichte.«

Gerade was Katrina anging, tappte er im dunkeln. Er kannte sie nicht, erst recht nicht ihre Gefühle.

Dafür kannte er die eigenen Gefühle um so besser.

So lange war es ihm gelungen, Junggeselle zu bleiben und die Ehe zu meiden.

Und dies trotz des Drucks von seiten seiner Großmutter und seiner anderen Verwandten.

Auch jetzt verspürte er nicht die geringste

Neigung zu heiraten. Vor allem kein junges Mädchen, das er an diesem Abend zum ersten Mal im Leben gesehen hatte.

Sie war derart jung, daß es zwischen ihnen keine gemeinsamen Interessen geben konnte.

Der Duke stieß einen leisen Fluch aus.

All das verdankte er Anastasia. Sie hatte ihn mit ihren alten Tricks wieder einmal an den Rand der Verzweiflung gebracht.

Am liebsten würde ich sie erwürgen, dachte er.

All die Qualen und Kümmernisse, die sie ihm in der Vergangenheit zugefügt hatte, gingen ihm durch den Kopf.

Und nun, da sein Leben auf Rosen gebettet war, hatte sie ihn wie die böse Fee aus dem Märchen wieder mit einem Fluch belegt.

Er konnte kaum glauben, was da geschehen war.

Wie konnte es passieren, daß sie plötzlich wieder in seinem Leben aufgetaucht war, fragte er sich.

Voller Zynismus dachte er, daß dies eine Frage war, die sich jeder Mann im Laufe seines Lebens einmal stellte, und daß er eben keine Ausnahme war.

»Ich werde versuchen, Branston dazu zu bringen, vernünftig zu sein«, nahm er sich vor, als er schließlich zu Bett ging.

Für ihn stand fest, daß Lucy anders dachte.

Wenn sie sich gegenüber ihrem Mann durchsetzen würde, blieb ihm, dem Duke, wohl kaum eine andere Wahl, als sich – wie der Earl es genannt hatte – wie ein Gentleman zu verhalten.

*

Am nächsten Morgen war der Duke in einer fürchterlichen Stimmung.

Die Diener, die unmittelbar mit ihm zu tun hatten, wußten, daß er eine eisige Ruhe ausstrahlen konnte.

Doch heute waren seine Blicke wie Dolche, und jedes Wort, das er sprach, klang wie ein Peitschenhieb.

Als er zum Frühstück nach unten kam, erfuhr er, daß der Earl von Calverton bereits wieder abgereist war.

Er hatte sich Gespannpferde und ein Gefährt vom Duke entliehen, nicht ohne diesen dafür durch seinen Stallmeister wortreich um Verständnis zu bitten.

Der Duke wußte, was das hieß: Anastasia war jetzt allein auf Lynd, und er überlegte fieberhaft, wie er sie loswerden könnte.

Er verließ den Frühstückstisch, ehe die männlichen Gäste erschienen, und saß in seinem Arbeitszimmer, als Lord Branston hereinkam.

»Ich muß mit Ihnen reden, Lyndbrooke«, sagte er. »Paßt es Ihnen im Augenblick?«

»Natürlich«, erwiderte der Duke ungnädig.

Er erhob sich hinter seinem Schreibtisch, an

dem er gesessen und die Post durchgesehen hatte, die ihm sein Sekretär allmorgendlich bereits geöffnet hinlegte.

Er durchquerte den Raum und deutete auf einen bequemen, hochlehnigen Armstuhl.

Nachdem Lord Branston Platz genommen hatte, ließ sich der Duke auf dem Lehnstuhl ihm gegenüber nieder.

Überrascht stellte er fest, daß Lord Branston trotz der langen Zeit, in der er sich als Politiker und Höfling auf internationalem Parkett bewegt hatte, unsicher und verlegen zu sein schien.

Der Duke hatte das Gefühl, ihm helfen zu müssen und begann:

»Tut mir leid wegen der Vorkommnisse in der letzten Nacht, Branston. Aber ich denke, Sie kennen mich gut genug, um zu wissen, daß ich wirklich in keiner Weise vorhatte, Ihrer Nichte zu nahe zu treten oder sie auch nur zu beunruhigen.«

»Natürlich weiß ich das«, erwiderte Lord Branston. »Andererseits sind wir beide uns darüber im klaren, daß es darauf nicht ankommt. Falls es jemals herauskommen sollte, daß Sie in Katrinas Schlafzimmer waren, ist das Mädchen erledigt – absolut und ein für allemal erledigt, was die feine Welt betrifft.«

Der Duke äußerte nichts dazu, und Lord Branston fuhr fort:

»Ich habe sehr an meiner Schwester gehangen. Sie heiratete nicht sehr vorteilhaft. Ihr

Mann war nicht gut genug für sie, zumindest was seine gesellschaftliche Stellung und seine finanziellen Möglichkeiten anging. Gleichzeitig war sie sehr glücklich mit ihm. Ich muß für ihr einziges Kind einfach alles tun, was in meinen Kräften steht.«

Eine etwas unbehagliche Pause entstand.

»Ich nehme an, Sie erwarten von mir, daß ich sie heirate.«

»Ich sehe wirklich keine Alternative«, antwortete Lord Branston. »Es ist wie meine Frau sagte: Selbst wenn wir Stillschweigen über den Vorfall bewahren, können wir nicht für die Bediensteten garantieren, die Calvertons Gepäck hochbrachten. Es dürfte so gut wie sicher sein, daß sie reden werden.«

Er schwieg einen Moment und setzte dann hinzu:

»Wie Sie und ich sehr genau wissen, kommt die Hälfte allen Geredes, das soviel Ärger und Unannehmlichkeiten verursacht, aus der Gesindestube.«

»Ich fürchte, Sie haben recht«, gab der Duke zu.

In seiner Stimme war ein Klang von Verzweiflung.

»Was ich also vorschlagen möchte – vor allem auf Drängen meiner Frau –, ist, daß Sie und Katrina so schnell wie möglich heiraten und in die Flitterwochen fahren, bevor jemand etwas von Ihrer Heirat erfährt.«

Der Duke starrte Lord Branston erstaunt an.

»Und weshalb?« fragte er.

Sein Satz war noch nicht beendet, als er auch schon die Antwort wußte.

Lucy wollte Nägel mit Köpfen machen. Sie war die treibende Kraft in dieser unleidigen Angelegenheit, und sie schien eine schreckliche Angst zu haben, er könnte sich noch im letzten Augenblick aus der Affäre ziehen.

»Es scheint mir so das Vernünftigste zu sein«, entgegnete Lord Branston, der sich jetzt bemühte, den Eindruck zu erwecken, als wäre die ganze Idee auf seinem Mist gewachsen. »Katrina hat eben erst ihre Eltern verloren«, fuhr er fort. »Niemand wird also einen Verdacht hegen und sich darüber wundern, daß Sie keine aufwendige und prunkvolle Hochzeit feiern.«

Er schwieg sekundenlang und fügte hinzu:

»Außerdem: Wenn wir davon ausgehen, daß die Leute erfahren, was geschehen ist, werden sie sich todsicher auch die Frage stellen, ob Katrina eventuell ein Kind bekommt. Sie würden verhindern, daß es dazu kommt, indem Sie sie unverzüglich heiraten.«

Lord Branston schwieg, dann sagte er mit einem warmherzigen Ton:

»Ich denke dabei an Sie genauso wie an meine Nichte, Lyndbrooke.«

»Danke«, antwortete der Duke voller Zynismus, obwohl er wußte, daß Lord Branston für derartige Gefühlsäußerungen nicht empfänglich war.

»Sie haben auf Lynd eine Hauskapelle«, fuhr Lord Branston voller Eifer fort, »und ich vermute, auch einen Kaplan. Deshalb sollten Sie in der Lage sein, alles so zu arrangieren, daß es zu keinem großen Gerede kommt. Ist die Ehe erst einmal ein *Fait accompli,* bleibt den Leuten sowieso nichts anderes übrig, als sie zu akzeptieren.«

»Allerdings.«

Den Duke erfüllte eine Wut, an der er zu ersticken drohte.

Mit geradezu übermenschlicher Beherrschung biß er die Zähne aufeinander und trat ans Fenster. Er schaute hinaus auf den See, der wie ein riesiger vergoldeter Schild in der Sonne lag.

Ich bin fünf Jahre lang glücklich gewesen, sagte er sich.

Damit ist es nun vorbei. Vorbei in einem Augenblick, in dem ich am wenigsten damit gerechnet habe.

Alles, was sein Glück ausgemacht hatte, würde er teilen müssen mit einem langweiligen, unwissenden Mädchen.

Sie würde zweifellos an nichts anderes denken als an die Tatsache, daß sie nun eine Duchess war und sich mit dem Familienschmuck behängen konnte.

Er überlegte, ob er nicht einfach davonlaufen und auf Reisen gehen sollte wie in den alten, längst vergangenen Zeiten.

Wenn er lange genug im Ausland blieb, würde

vielleicht Gras über die Geschichte wachsen und alles wäre überstanden.

Doch dann sah er Lucy vor sich, ihren Gesichtsausdruck, der sich so schlagartig verändert hatte.

Unversöhnlicher Haß und rasende Eifersucht waren etwas Anderem gewichen.

Und da er außergewöhnlich scharfsinnig war, kannte er die Antwort.

Er würde nicht nur Lord Branstons sterbenslangweilige Nichte heiraten, sondern auch Lucy. Und für Lucy waren ihre Ambitionen und Pläne von größter Wichtigkeit.

Schwindel erfaßte ihn.

Statt der grünen Wiesen, die sich sanft zum See hinabsenkten, statt gelber Iris, die das Ufer säumte, und der in der Sonne funkelnden Wasserfläche, sah er drei Frauen vor sich, die ihn bedrängten und bedrohten.

Sie würden sein Leben zerstören. Sie würden sein Blut saugen und ihn in den Wahnsinn treiben.

Anastasia mit ihren grünen Augen, in denen ein unstillbares, wildes Verlangen flackerte.

Lucy, die herkömmliche Schönheit, die ihn mit einem geheimnisvollen Lächeln verführen wollte.

Und zwischen ihnen ein gesichtsloses, unbedeutendes Mädchen, das seine Frau werden sollte.

Er sah, wie sie ihn gefangen hielten, wie sie

ihn in Ketten legten und ihn für immer in den Kerker der Ehe steckten.

Er wünschte sich einen fliegenden Teppich, sehnte sich danach, Flügel zu haben, um all dem auf der Stelle entfliehen zu können.

Tristram Lyndbrooke rief sich zur Ordnung.

Er war ein Duke. Er konnte und würde es nicht wagen, Lord Branston zu beleidigen oder zu kränken. Und deshalb würde er zu guter Letzt genau das tun, was dieser von ihm verlangte.

Er wandte sich vom Fenster ab.

In ruhigem Umgangston, der eine bewundernswerte Beherrschung verriet, sagte er:

»Ich werde natürlich auf Ihren Vorschlag eingehen. Sobald meine übrigen Gäste am Montag abgereist sind, werde ich alles in die Wege leiten, damit meine Hochzeit unverzüglich stattfinden kann.«

5

Nachdem ihr Onkel, ihre Tante und der Duke das Zimmer verlassen hatten, versuchte Katrina zu verstehen, was vorgefallen war.

Sie konnte es kaum glauben, daß der Duke durch das Fenster in ihr Zimmer eingedrungen war.

Und noch weniger konnte sie verstehen, aus welchem Grund er es getan hatte.

Sein Verhalten kam ihr so völlig unbegreiflich vor.

Am unbegreiflichsten jedoch war für sie Tante Lucy.

Warum war sie so böse geworden?

Sie sagte sonderbare Dinge, die den Duke regelrecht in Zorn gebracht hatten.

Da Katrina sehr scharfsichtig und sensibel war, spürte sie seine unterdrückte Wut, die wie in Wellen aus ihm hervorbrach.

Ebenfalls spürte sie, daß ihre Tante Haß und Verbitterung ausströmte, für die sie keine Erklärung hatte.

Katrina hatte bei der Unterhaltung der drei zugehört und mit höchstem Erstaunen festgestellt, daß es dabei ausschließlich um sie ging.

Immer noch vermochte sie sich keine Klarheit darüber zu verschaffen, was geschehen war. Doch plötzlich begriff sie, daß ihre Tante sich so fürchterlich entrüstete, weil der Earl mitten in der Nacht in ihrem Zimmer gestanden hatte.

Als ihre Tante zur Tür hereingekommen war, hatte er sich so leise verhalten, daß sie davon nicht erwacht war. Wach geworden war sie durch Tante Lucy.

Trotzdem: Warum war er in ihr Zimmer gekommen? Durchs Fenster in ihr Zimmer gekommen?

Da sie so verstört war, erhob sie sich und zog den Vorhang noch etwas weiter zurück.

Sie blickte durch das offene Fenster hinauf zu den Sternen und der silbernen Mondsichel.

Sekundenlang vergaß sie über der zauberhaften Schönheit des Nachthimmels alles, was sie beunruhigte.

Doch dann wurde ihr bewußt, daß im Nebenzimmer noch Licht brannte, und sie vernahm Stimmen darin.

Im ersten Moment fand sie es seltsam, daß nebenan gesprochen wurde, denn sie waren alle zur gleichen Zeit die Treppe hinaufgekommen, und die Komteß von Calverton war allein in das angrenzende Zimmer gegangen.

Nun hörte sie dort eine tiefe Männerstimme.

Ihr fiel ein, daß der Duke davon gesprochen

hatte, daß der Earl in der Nacht unerwartet zurückgekehrt sei.

Wie bei einem Puzzle fügten sich plötzlich alle Teile ineinander. Für Katrina stand fest, daß der Duke nur auf einem bestimmten Weg in ihr Zimmer gekommen war. Vom Balkon der Komteß war er auf den ihren gesprungen.

Sie erinnerte sich jetzt daran, daß Komteß Anastasia nach dem Dinner gewissermaßen uneingeladen auf Lynd eingetroffen war.

Und erstaunlich kurze Zeit später war sie in einem Abendkleid, mit Schmuck behangen wie jemand aus einem eleganten Modejournal, im Salon erschienen.

Katrina hatte die Russin immer wieder anschauen müssen, so ungewöhnlich und faszinierend war sie ihr erschienen.

Es war ihr auch nicht entgangen, daß die Komteß den Arm des Duke genommen und ihm ihr fremdartig schönes Gesicht entgegengehoben hatte.

Unwillkürlich war Katrina der Gedanke gekommen, daß nicht nur ihre Tante, sondern auch diese Frau in den Duke verliebt war.

Dennoch verwirrte es sie, daß er in das Schlafzimmer der Komteß gegangen war – um es gleich darauf wieder zu verlassen. Und zwar indem er auf ihren Balkon hinauskletterte und von dort auf den Balkon des Nachbarzimmers sprang, das zufällig das Zimmer war, in welchem sie, Katrina, wohnte.

Was hatte der Duke bei der Komteß gemacht?

Was hatte er ihr zu sagen, das er ihr nicht auch unten im Salon hätte sagen können?

Die Antwort war nicht schwer.

Nicht nur die Komteß liebte den Duke, der Duke liebte die Komteß ebenfalls.

Mit einem Ruck zog Katrina die Vorhänge vor, um die Schönheit der Sterne und den Silberglanz des Mondlichts über dem Garten auszusperren.

Während sie zum Bett zurückging, wußte sie, daß sie entsetzt war. Ganz schrecklich, ganz furchtbar entsetzt.

Wie konnte jemand, der so großartig und bedeutend war wie der Duke, die Frau eines anderen Mannes lieben und in der Nacht zu ihr gehen!

»Es ist nicht recht«, murmelte sie. »Es ist ganz und gar nicht recht. Mama würde mir jetzt den Rat geben, nicht mehr darüber nachzudenken.«

Dennoch, sie konnte machen, was sie wollte, es gelang ihr nicht, das männlich schöne Gesicht des Duke vor ihrem geistigen Auge zu vertreiben.

Noch nie hatte sie einen so stattlichen und gutaussehenden Mann gesehen.

Die grünen Augen der Komteß hatten ihn so intensiv angesehen, daß es Katrina regelrecht peinlich gewesen war.

Nun wußte sie, es war unrecht und sündhaft.

Dann wieder beschäftigte sie die Frage, die sie von Anfang an beschäftigt hatte: Warum und inwieweit war sie selbst in dieses Drama verwikkelt?

Der Duke hatte erklärt, daß er irrtümlich ihren Raum betreten habe.

Falls es stimmte, daß er sich nur um das Gepäck des Earl hatte kümmern wollen, weshalb dann die ganze Heimlichtuerei?

Und warum stellte sich Tante Lucy derart an, wenn er ihr Zimmer nur versehentlich betreten hatte?

Im Geiste hörte Katrina ihre Tante sagen:

»Bist du nicht auch der Meinung, der Duke sollte den Schaden, den er der Reputation der armen Katrina zugefügt hat, wiedergutmachen?«

Daraufhin hatte Schweigen geherrscht, wie Katrina sich erinnerte.

Bis schließlich ihr Onkel – ein wenig verlegen, wie es ihr erschienen war – gesagt hatte:

»Ich bin sicher, daß sich Lyndbrooke den Umständen entsprechend wie ein Gentleman verhalten wird.«

Was bedeutete das?

Was hieß es, sich wie ein Gentleman zu verhalten?

Katrina wußte keine Antwort auf diese Frage, die sie immer wieder aufs neue überdachte, bis sich die Gedanken in ihrem Kopf zu verwirren schienen.

Sie war immer noch verwirrt und ratlos, als

der Schlaf sie endlich überfiel und sie von dem Wirrwarr in ihrem Inneren befreite.

*

Katrina erwachte in aller Frühe.

Obwohl sie gern aufgestanden und in den Park gegangen wäre, glaubte sie, daß sie dies nicht ohne die Erlaubnis ihrer Tante tun sollte.

Das Zimmermädchen, das sie betreute, hatte ihr gesagt, daß die Herren zum Frühstück nach unten gingen, während die Ladys ihr Frühstück auf dem Zimmer einnahmen.

»Ich nehme an, Miß, sie stehen gerne etwas früher auf, um beim Point-to-Point zuzuschauen«, sagte das Mädchen, dessen Name Emily war.

Ihr Vater hatte Katrina manches über das Querfeldeinrennen erzählt, aber sie hatte nicht damit gerechnet, ein solches auf Lynd miterleben zu können.

»Seine Gnaden veranstaltet ein Rennen auf dem Rennplatz, Miß. Und alle aus der Gegend freuen sich riesig darauf.«

Als Emily bemerkte, daß Katrina ihr aufmerksam zuhörte, fuhr sie fort:

»Das Point-to-Point ist nicht dasselbe wie das Hindernisrennen, das Seine Gnaden später im Jahr abhält und an dem er und seine Freunde teilnehmen. An dem Point-to-Point kann jeder teilnehmen, der ein Pferd besitzt. Die Farmer fordern sich gegenseitig heraus, und die Zuschauer treiben ihre Favoriten durch anfeuernde Rufe, Klatschen und Pfeifen an. Es ist ein Riesenspaß – wirklich, Miß.«

»Ich hoffe, ich darf dabei zuschauen!« sagte Katrina.

»Das werden Sie sicher können, Miß. Seine Gnaden ist der Richter. Er verleiht eigenhändig die Preise, oder er bittet eine der Ladys aus seiner Gesellschaft es zu tun.«

Katrina wußte, das war etwas, das sie genießen würde.

Sie wünschte nur, ihr Vater könnte dabeisein, um ihr alles zu erklären, was er gewiß gern getan hätte.

Nachdem sie das Frühstück beendet hatte, kleidete sie sich in Eile an.

Sie wählte ein Kleid, von dem sie hoffte, daß es passend wäre, und den einfachsten Hut, den sie besaß. Dann ging sie nach unten.

Vorher hatte sie von Emily noch erfahren, daß ihre Tante bisher nicht nach ihr gefragt hatte.

Aus diesem Grund hoffte sie, daß es ihr gelingen würde, eine Gelegenheit zu finden, zu dem Point-to-Point-Rennen zu kommen, bevor Tante Lucy sie daran hindern konnte oder ihr das Zuschauen verbot.

Katrina erreichte die Halle.

Vor der Tür stand ein Wagen, in den eben einige Gentlemen einstiegen.

Außerdem wartete ein halbes Dutzend Pferde,

die von Stallknechten gehalten wurden, auf ihre Reiter.

Lord Kimberley, der am vergangenen Abend ihr Tischnachbar gewesen war, sah sie als erster.

»Kommen Sie mit, Miß Darley!« rief er. »Ich denke, es wird noch einige Zeit dauern, bis sich die anderen Damen der Hausgesellschaft zu uns gesellen.«

Katrina schenkte ihm ein Lächeln.

Ihr fiel die Unterhaltung bei Tisch ein, die ihr so viel Freude gemacht hatte.

»Ich würde gern mitkommen, wenn Sie denken, daß es in Ordnung ist.«

»Es ist immer das beste, Sie tun das, was Ihnen Spaß macht und fragen erst später um Erlaubnis«, antwortete der Earl mit einem verschmitzten Ausdruck in den Augen.

Ein lautes Lachen erscholl, und einer der Gentlemen meinte:

»Sie haben gut reden, Kimberley. Ich mache jede Wette, im Außenministerium wäre die Hölle los, sollte sich einer Ihrer Leute diese Devise zu eigen machen.«

»Davon können Sie ausgehen«, gab der Earl zu. »Trotzdem halte ich es für einen guten Einfall, daß Miß Darley bei uns einsteigt. Wir tragen dann alle die Schuld, falls sie deswegen Ärger bekommt.«

Katrina faßte einen schnellen Entschluß. Sie kletterte in den Wagen und setzte sich neben den Earl.

»Ich hoffe, Sie haben gut geschlafen«, bemerkte er, als das Gefährt sich in Bewegung setzte.

»Ja – danke«, erwiderte Katrina.

Ein leises Zittern überlief sie bei dem Gedanken, der Earl oder ein anderer der Gentlemen könnte etwas gehört haben von dem, was in der Nacht geschehen war.

Sie erreichten den Rennplatz des Duke, der nicht weit vom Haus entfernt lag.

Überrascht stellte sie fest, daß dort bereits zahlreiche Reiter mit ihren Pferden und außerdem viele Zuschauer versammelt waren.

Kinder liefen zwischen den Reitern umher.

Katrina entdeckte auffallend viele Hunde, die von Männern an der Leine geführt wurden. Das Mädchen hielt sie für Schäfer.

Es gab auch eine große Anzahl von Männern, die – wie Katrina annahm – die Uniform des Duke trugen und vermutlich seine Wildhüter waren.

Sie fand alles ungeheuer faszinierend, denn die Szene erinnerte sie so sehr an die Erzählungen ihrer Eltern, die ihr das Leben auf dem Land in England geschildert hatten. Besonders das Leben bei den großen Gutsbesitzern.

Neben Lord Kimberley ging sie auf die Gruppe von Reitern zu, die am Rennen teilnehmen wollten.

Der Lord besichtigte die Pferde und unterhielt sich mit ihren Besitzern.

Er gab sich sehr leutselig und freundlich, und

Katrina dachte daran, daß auch ihr Vater so mit den Arbeitern im Dorf gesprochen hatte, wo sie einmal wohnten.

Plötzlich fuhren alle Köpfe herum und drehten sich in eine Richtung.

Der Duke kam.

Er ritt auf einem herrlichen schwarzen Hengst zum Startpunkt.

Sechs seiner Gäste, ebenfalls zu Pferd, begleiteten ihn.

Er bot einen so überwältigenden Anblick, daß Katrina es nicht vermochte, noch irgend jemand anderen anzuschauen.

Grußworte wurden gemurmelt.

»Morgen, Euer Gnaden.«

Einige der Männer in der Zuschauermenge schwenkten ihre Mützen. Die Reiter hoben grüßend die Rechte.

Der Duke erwiderte ihren Gruß.

Dann setzte er sein Pferd vor die Reihe der Reiter und richtete das Wort an sie.

Mit klarer, befehlsgewohnter Stimme verkündete er ihnen die Rennregeln.

Er erinnerte sie daran, daß sie auf dem Rückritt eine Runde über die Rennbahn zu drehen hatten, bevor sie am Ende den Zielpfosten passierten.

Katrina beobachtete die Pferde, die sich an die Startlinie begaben. Sie hatte den Wunsch, selbst an dem Rennen teilnehmen zu können.

Aber es ritten keine Ladys mit.

Die Frauen und Freundinnen der jungen Farmer und der übrigen Teilnehmer waren nur dabei, um ihre Favoriten anzufeuern und zuzuschauen, wie sie durchs Ziel gingen.

Der Duke ritt nun auf die eine Seite der Rennbahn, während die Reiter unter einigen Schwierigkeiten an der Startlinie Aufstellung nahmen.

Nachdem auch das nervöseste Pferd unter Kontrolle gebracht worden war, hob der Duke die Startpistole und feuerte den Startschuß ab.

Die Reiter galoppierten in Richtung Wald davon. Der Duke und die Gentlemen auf den Pferden folgten ihnen und kontrollierten, ob sie auch die vorgeschriebene Strecke einhielten.

Katrina bemerkte, daß inzwischen zwei offene Wagen eingetroffen waren.

In einem davon saß ihre Tante mit mehreren anderen Ladys.

In dem anderen Wagen befand sich die Komteß von Calverton mit einer anderen Lady und zwei Gentlemen.

Der Earl und der Gentleman in seiner Begleitung stiegen aus und gingen auf den Earl von Kimberley zu, der ein Hindernis auf der Rennbahn überprüfte.

Katrina überlegte noch, ob sie zum Wagen ihrer Tante gehen sollte oder nicht, als sie sah, daß die Komteß sie zu sich winkte.

Sekundenlang glaubte sie, nicht richtig gesehen zu haben.

Dann stellte sie fest, daß es eine gebieterische

Handbewegung war, die sich nicht übersehen ließ. Sie eilte zum Wagen.

Als sie ihn erreichte, sagte die Komteß scharf: »Steig ein! Ich habe mit dir zu reden.«

Katrina wagte es nicht, der Aufforderung zu widersprechen.

Ein Diener öffnete den Wagenschlag. Sie stieg ein und nahm gegenüber der Komteß Platz.

Anastasia kam ihr noch fantastischer vor als am Abend zuvor.

Sie war ganz in Smaragdgrün gekleidet. Ihre Seidenrobe war mit Spitzen und Samtschleifen besetzt.

Der kleine Hut war mit riesigen Federn geschmückt. Die Komteß wäre sogar auf der Rotten Row damit aufgefallen.

Aber sie war nicht nur extravagant, sondern auch ungewöhnlich schön.

Katrina verstand sehr gut, daß der Duke sich so sehr von ihr angezogen fühlte.

Anastasia dagegen hielt Katrina für so unbedeutend, daß sie nicht das geringste Interesse an ihr fand.

Mit einer Ausnahme: sie hätte nur zu gerne gewußt, was sich in der Nacht zuvor im Zimmer des Mädchens abgespielt hatte.

Sie hatte nämlich nebenan Stimmen gehört.

Und zwar ziemlich lange. So lange zumindest, wie der Earl gebraucht hatte, um seine Reisekleidung abzulegen und sich für die Nacht zurechtzumachen.

Die Neugier also war es, die sie nun veranlaßte, Katrina mit freundlicher Stimme zu fragen:

»Erzähl mir, was gestern abend in deinem Schlafzimmer los war. Ich hörte laute Stimmen, die mich keinen Schlaf finden ließen.«

Katrina holte tief Luft.

Sie erinnerte sich an die Worte des Duke, der allen das Versprechen abgenommen hatte, mit niemandem über den Vorfall zu reden. Sie fragte sich nun verzweifelt, was sie Anastasia auf ihre Frage antworten sollte.

Dann erwiderte sie geistesgegenwärtig:

»Ich vermute, das Klopfen Ihres Mannes an Ihrer Schlafzimmertür hat Tante Lucy und Onkel Arthur aufgeweckt.«

»Wenn es so war, muß es sehr lästig für sie gewesen sein«, bemerkte Anastasia. »Ich verstehe allerdings nicht, weshalb sie in dein Zimmer kamen.«

»Tante Lucy fürchtete wohl, ich hätte mich erschreckt. Und Onkel Arthur ist ihr dann gefolgt.«

Schweigen entstand. Als Katrina aus dem Wagenfenster blickte, bemerkte sie, daß die Zuschauer auf den Rennplatz strömten.

»War sonst noch jemand bei dir?«

Katrina erkannte die Gefährlichkeit dieser Frage sofort.

Sie drückte sich an einer Antwort vorbei, indem sie die Hand ausstreckte und auf einen buntbemalten Wohnwagen deutete.

»Oh, schauen Sie doch!« rief sie. »Zigeuner! Ich habe mir so sehr gewünscht, Zigeuner zu sehen. Und das, seit ich in England bin. Ich fragte mich nur, wer mich einmal zu ihnen mitnehmen würde, denn ich wünsche mir sehr, mich mit ihnen unterhalten zu können.«

Sie wartete Anastasias Erwiderung nicht ab, sondern öffnete die Wagentür, noch bevor der Diener ihr das abnehmen konnte.

Mit einem eleganten Sprung war sie draußen.

Ohne sich noch einmal nach der Komteß umzuschauen, eilte sie auf Lord Kimberley zu, den sie unter den Zuschauern ausgemacht hatte.

Bei ihm angekommen, stellte sie fest, daß er sich mit einem der anderen Gentlemen angeregt über Pferde unterhielt.

Sie hörte den beiden Männern zu, ohne sie zu unterbrechen.

Sie hatte das Gefühl, die äußerst heikle Situation vorzüglich gemeistert zu haben.

Sie hatte nicht die Absicht, dem Wunsch des Duke zuwiderzuhandeln.

Und im Augenblick bestand auch keinerlei Gefahr, denn zu langen Unterhaltungen war hier draußen keine Zeit.

Das Hindernisrennen nahm die Aufmerksamkeit aller in Anspruch, und es würde den ganzen Morgen dauern.

Nachdem das Rennen beendet war, wurden die Preise verteilt. Und das nicht durch Lucy oder Anastasia, sondern durch die Gattin des Lord Lieutenant.

Sie war eingetroffen, als der Reiter, der das Feld anführte, gerade mit Bravour das letzte Hindernis nahm.

Nach der Preisverleihung fand im Haus eine große Luncheon-Party statt.

Es war schon etwas über die Luncheon-Zeit hinaus, und die meisten verließen den Speisesaal nicht vor vier.

Danach gingen die Ladys nach oben, um sich für den Tee umzukleiden. Lucy folgte Katrina in ihr Schlafzimmer und schloß die Tür hinter sich.

Fragend schaute Katrina die Tante an.

»Ich sah, daß die Komteß von Calverton beim Point-to-Point mit dir sprach«, sagte Lucy. »Was wollte sie von dir?«

»Sie wollte wissen, wer in der vergangenen Nacht in meinem Schlafzimmer gewesen ist«, antwortete Katrina.

»Und was hast du ihr gesagt?«

»Ich sagte ihr, du und Onkel Arthur wärt durch ein lautes Klopfen aufgeweckt worden. Ihr hättet gedacht, ich könnte mich vielleicht fürchten.«

»Das war klug von dir«, sagte Lucy. »Du hast also nichts davon erwähnt, daß auch der Duke im Zimmer war?«

»Nein – natürlich nicht.«

Lucy dachte einen Moment nach, dann sagte sie:

»Bleib weg von dieser Frau. Sie ist gefährlich. Sehr gefährlich sogar – obwohl sie dir einen großen Dienst erwiesen hat.«

Verwirrt blickte Katrina sie an.

»Einen Dienst? Was meinst du damit?«

»So einfältig kannst du doch nicht sein«, versetzte Lucy spöttisch. »Es dürfte dir doch klar sein, daß du den Duke nie heiraten würdest, wenn die Komteß nicht gewesen wäre.«

Katrina starrte die Tante an, als könnte sie das Gehörte nicht glauben.

»Sagtest du: den Duke heiraten?«

»Natürlich! Natürlich wirst du ihn heiraten. Begreifst du denn nicht, daß dein Onkel und ich ihn in deinem Schlafzimmer vorgefunden haben? Unter diesen Umständen bleibt ihm gar nichts anderes übrig, als dich zu heiraten, wenn ihm auch nur das Geringste an deinem guten Ruf gelegen ist.«

»Das kann nicht wahr sein!« stammelte Katrina.

»Lieber Gott im Himmel!« stieß Lucy gereizt aus. »Muß ich es dir tatsächlich noch erklären, daß du in der großen Welt total geächtet bist, wenn auch nur eine einzige Menschenseele etwas davon erfährt, daß der Duke um ein Uhr in der Nacht in deinem Schlafzimmer war?«

Sie machte eine Pause und ließ ein affektiertes kleines Lachen hören. Dann fügte sie hinzu:

»Es ist ein böser Wind, der niemandem etwas Gutes beschert. Doch du hattest Glück. Dir beschert er die Krone einer Herzogin.«

»Aber der Duke hatte doch gar keine Ahnung, daß ich in diesem Zimmer schlief«, brachte Katrina stockend hervor.

»Das spielt keine Rolle«, gab Lucy ärgerlich zur Antwort. »Ich fand ihn hier, und er wird dich heiraten. Und wenn du mich fragst, bist du eine junge Frau, mit der das Schicksal es besonders gut meint.«

»Ich will ihn nicht – heiraten«, sagte Katrina rasch. »Er liebt eine andere. Ich kann unmöglich einen Mann heiraten, der mich nicht liebt.«

Lucy blickte sie mit einer derartigen Verachtung an, daß Katrina unwillkürlich einen Schritt zurückwich.

»Dann kann ich nur sagen, daß du eine noch größere Närrin bist, als ich angenommen habe. Guter Gott im Himmel, Katrina, dies ist das größte Glück, das dir im Leben überhaupt widerfahren kann!«

Ihre Stimme steigerte sich, als sie fortfuhr:

»Du wirst die Ducheß von Lyndbrooke. Und obgleich ich entschlossen war, möglichst schnell einen Ehemann für dich zu finden und dich damit loszuwerden, hätte ich nie an einen Duke für dich gedacht.«

»Aber, Tante Lucy, bitte, du mußt mir zuhören...« begann Katrina.

»Ich denke nicht daran, meine Zeit mit irgend einem Unsinn zu verschwenden«, unterbrach Lucy sie. »Dein Onkel kümmert sich bereits um alles. Und da er dein Vormund ist, wird es dir hoffentlich doch klar sein, daß du ihm zu gehorchen hast. Du wirst den Duke heiraten – gleichgültig, ob es dir oder ihm paßt oder nicht. Und je schneller die Sache über die Bühne geht, um so besser.«

Als hätte sie diesen Worten nichts mehr hinzuzufügen, öffnete Lucy die Tür und rauschte aus dem Raum.

Zurück blieb eine Katrina, die ihrer Tante nachblickte, reglos, als wäre sie zur Salzsäule erstarrt.

Was da mit ihr geschah, hätte sie in ihren wildesten Träumen nicht für möglich gehalten.

Sie hielt den Duke für den imponierendsten Mann, den sie je im Leben gesehen hatte.

Doch sie wußte, daß eine Ehe auf keinem anderen Fundament gegründet werden durfte, als auf dem der Liebe.

Wenn er die Komteß von Calverton liebte, würde er nicht den Wunsch haben, von ihr, Katrina, daran gehindert zu werden.

Sie konnte sich an die Wellen des Zorns erinnern, die in der vergangenen Nacht von ihm ausgegangen waren.

Wenn es das war, was er ihr gegenüber empfand, war es undenkbar für sie, mit ihm zusammenzuleben.

»Ich muß mit ihm reden. Ich muß ihm unbedingt erklären, daß eine Ehe zwischen ihm und mir unmöglich ist!«

Ihr Entschluß stand fest.

Sie fragte sich nur, ob er sie verstehen würde.

*

Die Ladys kamen zum Fünf-Uhr-Tee ausnahmslos zu spät.

Dennoch trugen alle wundervolle und sehr elegante Kleider.

Auch die Gentlemen hatten sich umgezogen, sie trugen jetzt keinen Reitdreß mehr. Alle sprachen von nichts anderem als vom Point-to-Point-Rennen.

Der Tee wurde in der Orangerie gereicht, einem Gebäudeteil, der dem Haus erst vor fünfzig Jahren angefügt worden war.

Von hier stammten die herrlichen Orchideen, die Katrina in der letzten Nacht bewundert hatte.

Aber das war nun vorbei. Orchideen beschäftigten sie nicht mehr. Sie dachte nur noch an den Duke und an die Frage, wie sie ihm klarmachen konnte, was sie fühlte und was in ihr vorging.

Aber er blickte nie in ihre Richtung, war stets mit irgendeinem seiner Gäste in ein Gespräch vertieft.

Beim Dinner fand sie sich am entferntesten Ende der Tafel wieder.

Die Zahl der Gäste schien noch größer geworden zu sein, und es bot sich keine Gelegenheit, Kontakt mit dem Duke aufzunehmen.

Katrina fiel auf, daß sich Tante Lucy und die Komteß beim Verlassen des Speisesaals haßerfüllte Blicke zuwarfen.

Dabei sprachen sie mit süßen, gurrenden Stimmen zueinander, die die Feindseligkeit in ihren Augen Lügen straften.

Katrina spürte, was zwischen den beiden Frauen geschehen war. Sie waren zu Todfeindinnen geworden. Und diese Todfeindschaft hatte etwas mit dem Duke zu tun.

Katrina zuckte bei diesem Gedanken zusammen. Er enthielt etwas, das sie vor sich selbst nicht wahrhaben wollte.

Im Salon hatte man wieder wie am Abend zuvor Spieltische aufgestellt.

Aus einem der anderen Säle drangen die Klänge eines Streichorchesters. Katrina wußte, daß es dort auch eine Tanzfläche gab und daß, wer wollte, tanzen konnte.

Sie tanzte mit einigen Gentlemen, die zur Gesellschaft gehörten und mit mehreren jungen Männern, die zum Dinner gekommen waren.

Nachdem der Duke keinen Versuch machte, sich ihr zu nähern oder mit ihr zu sprechen, beschloß Katrina, sich zurückzuziehen.

Sie ging in ihr Zimmer und legte sich zu Bett, noch ehe Lucy sie dazu aufforderte.

In der Dunkelheit wandte sie sich an ihre Eltern um Rat.

»Wie kann ich jemanden heiraten, Mama, der mich nicht liebt, so wie Papa dich geliebt hat?« murmelte sie. »Und da man den Duke zur Heirat mit mir gezwungen hat, wird er mich niemals lieben, sondern mich immer nur hassen. Wie also könnte ich es ertragen, in seinem Haus zu leben? Mit dem Wissen, daß er mich gar nicht hier haben will und sich an meiner Stelle eine andere neben sich wünscht.«

Natürlich: der Duke konnte die Komteß nicht heiraten, da diese bereits verheiratet war.

Andererseits jedoch stellte Katrina es sich wundervoll vor, vom Duke geliebt zu werden, auch wenn es etwas Verbotenes war.

Alles ist so verpfuscht und verworren, dachte sie.

Ein Gefühl von Angst und Verzweiflung überfiel sie. Sie wußte nicht, was sie tun konnte und spürte plötzlich, daß ihr die Tränen über die Wangen liefen.

Als sie versuchte, sie fortzuwischen, hörte sie, wie die Tür von Tante Lucys Schlafzimmer geschlossen wurde.

Etwas später hörte sie die gleichen Geräusche auf der anderen Seite ihres Zimmers.

Also war auch die Komteß von Calverton nach oben gekommen, um sich zur Ruhe zu begeben.

Als sie daran dachte, wie schön diese Frau war und wie reizvoll mit ihren grünen Augen und der weißen Haut, begann sie aufs neue zu schluchzen, und diesmal ergoß sich über ihre Wangen ein regelrechter Tränenstrom.

Die Tränen versiegten erst, als sie völlig erschöpft war.

*

Der Duke ging in sein Arbeitszimmer. Er hatte sehr zeitig gefrühstückt, weil er keinem seiner Gäste begegnen wollte.

Den Morgenritt hatte er ebenfalls schon hinter sich, weil er keinen Schlaf gefunden hatte.

Er hatte sich gesagt, daß er nur durch Bewegung und hartes Körpertraining seiner Niedergeschlagenheit und Verärgerung Herr werden könnte.

Dennoch war er immer noch voller Zorn.

Nicht nur auf Anastasia, die – so sagte er sich voller Bitterkeit – sein Leben ein zweites Mal in Unordnung gebracht hatte, sondern auch auf Lucy.

Ohne ihre Einmischung, davon war er fest überzeugt, hätte Lord Branston, der ein sehr gutmütiger Mann war, sich bewegen lassen, den äußerst peinlichen und unangenehmen Vorfall zu vergessen.

Er wußte, daß es Lucy mit ihrer Eifersucht war, die dahinter stand. Von dem Augenblick an, da es für sie festgestanden hatte, daß er zu Anastasia gegangen war, hatte sie den Entschluß gefaßt, ihm eine Falle zu stellen.

Daß sie damit Erfolg haben würde, erregte seine Empörung. Er fand ihre Handlungsweise niederträchtig, und ein Gefühl der Verachtung für sie erfüllte ihn.

Er konnte nur hoffen, daß er sie nach der Eheschließung mit ihrer Nichte nie mehr wiedersehen würde.

Er wußte genau, was sie erwartete, nachdem die Trauung stattgefunden hatte.

Und er sagte sich, daß sie zumindest in diesem Punkt eine herbe Enttäuschung erleben würde. Falls es nicht doch noch – gewissermaßen in allerletzter Minute – eine Rettung für ihn geben sollte.

Der Duke hoffte immer noch auf ein Wunder, das ihn aus dieser heiklen Situation retten würde, obwohl er selbst nicht die geringste Idee hatte, wie dies geschehen sollte.

Morgen, wenn die anderen Gäste wieder abgereist waren, würde er mit seinem Hauskaplan sprechen, um alle Vorkehrungen für die Hochzeit zu treffen.

Er überlegte, was geschehen würde, wenn er einfach rundheraus erklärte, daß er sich entschieden weigerte, Katrina zu heiraten. Wenn er Branston, der von ihm erwartete, daß er sich wie ein Gentleman verhielt, einfach sagte, er solle sich zum Teufel scheren.

Wäre er nur Tristram Brooke gewesen, es hätte ihm nicht das mindeste ausgemacht, so zu reagieren.

Aber ein Lord Branston mit seiner hohen Position bei Hofe, konnte einem Duke von Lyndbrooke das Leben ganz schön schwer machen, wenn er glaubte, einen Grund dazu zu haben.

Er war in der Tat dazu imstande, einen Skandal heraufzubeschwören, der der ganzen Familie schaden konnte.

Erst gestern hatte die Gattin des Lord Lieutenants ihm nach der Preisverleihung verraten, daß ihr Mann die Absicht habe, zum Ende des Sommers abzutreten.

»Er ist der Meinung, daß Sie, lieber Duke, die Aufgaben, für die er inzwischen zu alt geworden ist, viel besser erfüllen würden – zum Wohle aller hier in der Grafschaft.«

»Sie sind sehr freundlich«, hatte der Duke geantwortet.

»Ich sage die Wahrheit«, hatte die Frau des Lord Lieutenants versichert. »Und Sie wissen, daß mein Mann Ihnen zumindest am Anfang mit Rat und Tat zur Seite stehen wird.«

Das Amt des Lord Lieutenants – das war nur eins der Dinge, die Lord Branston hintertreiben konnte.

Und es gibt noch viele andere Möglichkeiten, dachte der Duke, mir und meiner Familie das Leben schwerzumachen.

»Wohl oder übel werde ich hindurchmüssen«, murmelte der Duke mit Verzweiflung in der Stimme.

In diesem Augenblick wurde die Tür seines Arbeitszimmers geöffnet.

Unwirsch blickte er auf, weil er nicht gestört werden wollte, und sah Katrina das Zimmer betreten.

Überrascht erhob er sich.

Sie näherte sich seinem Schreibtisch, an dem er gesessen hatte, und machte einen kleinen Knicks.

Dann sagte sie mit leiser, etwas verängstigter Stimme:

»Könnte ich mit Ihnen reden, Euer Gnaden?«

»Aber natürlich«, erwiderte der Duke.

Sie ließ sich auf dem Stuhl nieder, auf dem gewöhnlich sein Manager oder einer der Diener saßen, wenn er mit ihnen zu reden hatte.

Er bot ihr keine bequemere Sitzgelegenheit an, nahm jedoch ihr gegenüber Platz.

Sie schwieg, und er merkte, daß sie nach Worten suchte.

Weil er sah, wie verschüchtert sie war, sagte er:

»Ich sollte mich wohl für das entschuldigen, was in der letzten Nacht geschehen ist.«

»Nein, nein, bitte. Dazu besteht kein Grund.« Katrina schien die Fassung wiedergewonnen zu haben. »Ich weiß, wie das alles passiert ist. Es war sehr mutig von Ihnen, in der Dunkelheit von einem Balkon auf den anderen zu springen. Sie hätten dabei abstürzen können.«

»Ich war natürlich sehr glücklich, als ich feststellte, daß mir ein derartiger Sprung noch ohne Schwierigkeiten gelungen ist.«

Wieder entstand eine Pause, ehe Katrina sagte:

»Tante Lucy sagte mir, ich müsse Sie heiraten. Aber ich habe einen anderen Vorschlag, wenn Sie bereit wären, ihn sich anzuhören.«

»Natürlich bin ich das«, unterbrach der Duke. »Aber ich fürchte, wir haben keine andere Wahl, als uns dem Willen Ihres Onkels und Ihrer Tante zu beugen.«

Seine Stimme klang sarkastisch, er vermochte es nicht zu verhindern.

Als er das Flackern in Katrinas Augen sah, fürchtete er, zu hart zu dem Kind gewesen zu sein. Doch bevor er etwas Besänftigendes sagen konnte, erklärte Katrina stockend:

»Was ich Ihnen vorschlagen möchte, ist folgendes: Wenn Sie mir ein wenig Geld geben würden, könnte ich vielleicht ins Ausland reisen und – verschwinden.«

Der Duke schaute sie an, als traute er seinen Ohren nicht.

»Ich nehme an, Sie kennen jemanden, der Sie begleiten wird.«

»Nein«, entgegnete Katrina. »Ich würde allein reisen – wenn ich nur die Mittel dazu hätte.«

»Und wohin würden Sie reisen?«

»Ich denke mir, ich würde nach Frankreich zurückkehren, wo ich mit Papa und Mama gelebt habe, bevor sie verunglückten. Doch dorthin könnte Onkel Arthur mir folgen und mich wieder nach England holen. Aber ich kenne noch eine Reihe anderer Stellen, wo er mich niemals finden würde.«

»Und die wären?« fragte der Duke, neugierig geworden.

Katrina zögerte, dann sagte sie:

»Als wir in Indien waren, lernten wir in Kalkutta einige Nonnen kennen, die dort unter den Ärmsten der Armen arbeiten. Ich könnte ihnen bei der Betreuung der Kinder helfen.«

Fassungslos starrte der Duke sie an.

Katrina bemerkte es nicht. Als spräche sie zu sich selbst, fuhr sie fort:

»In Kairo besuchten Mama und ich ein Waisenhaus, das kaum Pflegekräfte hatte. Auch dorthin könnte ich gehen und mich vielleicht um die kleineren Kinder kümmern.«

»Wollen Sie damit etwa sagen, daß Sie bereits in Indien und Ägypten waren?« fragte der Duke überrascht.

»Ich bin mit Papa und Mama in vielen Ländern gewesen. Es war immer sehr aufregend und erlebnisreich.«

Einen Moment lang schwieg sie, als gäbe sie sich der Erinnerung hin. Dann fügte sie hinzu:

»Wir waren arm und konnten uns auf unseren Reisen kaum einen Luxus erlauben, aber wir lernten viele unterschiedliche und interessante Menschen kennen. Ich weiß ganz sicher, daß ich mich unter ihnen viel mehr zu Hause fühlen würde als unter – Tante Lucys Freunden.«

Sie war drauf und dran gewesen, »unter Ihren

Freunden« zu sagen, hatte sich jedoch im letzten Moment eines anderen bedacht. Eine solche Äußerung hätte der Duke als taktlos und unhöflich auffassen können.

Ihr kurzes Stocken war dem Duke nicht entgangen.

»Sie überraschen mich«, sagte er. »Ich glaubte, Sie hätten bisher ein sehr bescheidenes, zurückgezogenes Leben geführt, weil Ihre Eltern nicht wohlhabend waren.«

»Sie mögen es bescheiden nennen. Vielleicht war es das auch im Vergleich mit den Möglichkeiten, die Ihnen zur Verfügung stehen«, erwiderte Katrina. »Doch in Frankreich kannten wir alle möglichen Leute, die zu Papa kamen, weil er ein nicht ganz unbekannter Maler war, und zu Mama, die als sehr schön und gastfreundlich galt.«

Sie machte eine Pause und fuhr fort:

»Unser Haus in Amiens war immer voll von Menschen mit den unterschiedlichsten und ausgefallensten Ideen. Und es war immer erfüllt mit Freundlichkeit und – Liebe.«

Das letzte Wort war kaum zu hören, so leise hatte sie es gesprochen.

Der Duke erkannte, daß sie Angst vor der Zukunft hatte, ohne daß sie es ihm ausdrücklich hätte sagen müssen.

Vor einer Zukunft, in der es keine Liebe geben würde. Nicht jene Liebe jedenfalls, wie sie sie im Hause ihrer Eltern erfahren hatte.

»Ich nehme an, Sie wissen, daß auch ich in Indien gewesen bin«, sagte er nach einem Moment.

»Ich denke mir, Sie waren dort mit dem Regiment, in dem Sie gedient haben«, antwortete Katrina.

»Das stimmt, aber ich kehrte wieder dorthin zurück, nachdem ich das Regiment verlassen hatte«, sagte der Duke.

Katrina ließ einen Seufzer hören.

»Ich habe bisher noch keinen Menschen getroffen, der einmal in Indien war und sich nicht wieder dorthin zurücksehnte. Und genau das ist der Grund dafür, daß ich sehr glücklich wäre, wenn Sie mir die Mittel geben würden, die es mir ermöglichten, die Überfahrt nach Kalkutta zu bezahlen. Ich wäre mit einem Platz auf dem Zwischendeck durchaus zufrieden.«

»Ganz allein?«

Die Worte schienen von den Wänden widerzuhallen, und Katrina sagte schnell:

»Es wird schon gutgehen.«

»Wie können Sie dessen sicher sein – bei Ihrem Aussehen?«

Sie verstand zunächst nicht, was er meinte, dann murmelte sie:

»Sie befürchten, es könnte Männer geben, die mir Schwierigkeiten machen?«

»Ich glaube, daß dies eine sehr harmlose Umschreibung dessen ist, was Sie auf einer solchen Reise erwarten würde. Besonders, wenn Sie so reisen sollten, wie es Ihnen vorschwebt.«

Katrina machte eine kleine, unbestimmte Handbewegung.

»Wenn Sie möchten, daß ich – verschwinde, sollte es Ihnen eigentlich gleichgültig sein, wie das geschieht.«

»Ich habe kein Wort davon gesagt, daß ich wünschte, Sie mögen verschwinden«, stellte der Duke die Sache klar. »Verschwinden wollen – das war Ihre Idee.«

»Es bleibt mir ja gar nichts anderes übrig, als wegzugehen, falls ich nicht will, daß Sie unglücklich werden.«

»Und Sie sind nicht der Meinung, daß die Stellung einer Ducheß Sie für die Tatsache entschädigen könnte, mit mir verheiratet zu sein.«

Sie wandte den Kopf zur Seite.

Er war fasziniert von ihrem Profil; noch nie hatte er etwas so Wundervolles bei einer Frau gesehen.

Ihre kleine gerade Nase besaß ein klassisches Ebenmaß.

In dem sehr jungen, fast kindhaften Gesicht verlieh sie Katrinas Schönheit etwas fremdartig Kostbares, das er sich nicht zu erklären vermochte.

Er beugte sich vor und stützte die Arme auf die Tischplatte, so daß er die Hände ineinander verschränken konnte.

Dann fragte er:

»Erfüllt Sie die Vorstellung, meine Frau zu werden, wirklich mit einem solchen Abscheu?«

»Nein, nein«, antwortete Katrina schnell. »Das ist es nicht. Sie sind in meinen Augen sehr imponierend und anders als jeder andere Mann, den ich bisher kennenlernte – aber ich weiß, Sie lieben eine andere Frau, und ich könnte es nicht ertragen, wenn Sie mich haßten und Tag um Tag wünschen würden, nicht mit mir verheiratet zu sein.«

Der Duke war erstaunt.

»Wer hat Ihnen gesagt, daß ich eine andere Frau liebe?« wollte er wissen.

Er sah ein Aufflackern in Katrinas Augen.

Und ohne sie danach zu fragen, wußte er, was sie dachte.

Er mußte vor sich selbst zugeben, daß sie gar nichts anderes denken konnte, und er begriff nicht, weshalb er nicht schon früher darauf gekommen war.

Nach einem kurzen Augenblick des Nachdenkens sagte er:

»Ich glaube, Katrina, wenn du und ich heiraten, wäre es nicht richtig, irgendwelche Geheimnisse voreinander zu haben. Wir sollten hier und jetzt einen Pakt schließen und uns gegenseitig unser Wort geben, daß wir uns immer die Wahrheit sagen werden.«

Katrina holte tief Atem.

»Ich würde Sie niemals belügen«, sagte sie mit leiser Stimme.

»Ich verspreche dir das gleiche«, erwiderte der Duke. »Und um gleich alle Mißverständnisse zwischen uns auszuräumen, möchte ich, daß du folgendes weißt: Als ich aus dem Zimmer der Komteß kam und das deine als Fluchtweg benutzte, hatte ich nicht mit ihr geschlafen – wie du annehmen magst.«

Er sah die feine Röte, die Katrinas Wangen überzog, und er dachte, daß dies sie noch schöner aussehen ließ.

»Es war falsch von mir, so etwas anzunehmen«, sagte sie zerknirscht.

»Nein, das war es nicht. Jeder hätte das unter diesen Umständen gedacht. Die Wahrheit ist, daß ich die Komteß schon viele Jahre kenne und daß wir einmal sehr eng befreundet waren. Ich bat sie damals sogar, meine Frau zu werden, aber sie wollte nicht.«

»Sie wollte – nicht?« stieß Katrina ungläubig hervor.

»Damals war ich noch ein mittelloser Subalternoffizier, ohne die geringste Aussicht, einmal Duke zu werden. Es gelang mir kaum, mich selbst zu ernähren und über Wasser zu halten. Geschweige denn eine Frau.«

Sekundenlang schwieg er, bevor er fortfuhr:

»Die Komteß wollte, wie du dir denken kannst, all die Bequemlichkeit und den Luxus, die nur ein reicher Mann einer Frau geben kann. Vor allem jedoch wollte sie die Position in der großen Welt, die ihrer Schönheit angemessen war.«

Der Duke sprach mit Hohn in der Stimme, und Katrina hörte ihm aufmerksam zu.

»Ich sah sie nicht mehr wieder, bis wir uns gestern abend im Devonshire House nach vielen Jahren plötzlich gegenüberstanden. Ich habe sie zu dieser Hausparty nicht eingeladen. Sie erschien hier völlig unerwartet für mich, und sie glaubte, die alte Intimität, die einmal zwischen uns war, wiederaufleben lassen zu können.«

Katrinas große Augen hingen an den Lippen des Duke, als dieser fortfuhr:

»Und da ich wegen der vielen Gäste nicht mit der Komteß reden konnte, ging ich in ihr Zimmer, um ihr zu sagen, daß es in meinem Herzen keinen Platz mehr für sie gibt und sie mich ein für allemal in Ruhe lassen möge.«

Während er sprach, erinnerte sich der Duke ganz intensiv an den sonderbaren Augenblick, als er festgestellt hatte, daß Anastasia keine Macht mehr über ihn besaß.

Er war frei – frei von den Dämonen der Erinnerung, die ihn so lange gequält hatten.

Der Duke schaute Katrina an und erkannte, daß plötzlich ein völlig anderer Ausdruck in ihre Augen getreten war.

Er hätte ihn nur so beschreiben können, daß mit einem Mal hinter ihnen ein Licht aufgeschienen war.

Ohne daß sie sich bewegt oder etwas gesagt hätte, schien sie plötzlich zum Leben erwacht zu sein.

Sie leuchtete von innen her. Es gab kein anderes Wort dafür.

Ein Glanz brach aus ihr hervor, daß der Duke dachte, sie wäre kein irdisches Wesen mehr, sondern Teil eines Traums.

Als ihre Blicke sich begegneten und sie einander anschauten, hatte Katrina das merkwürdige Gefühl, daß dies die Begegnung zweier Menschen wäre, die sich jenseits der Wirklichkeit, gleichsam in der Ewigkeit, gegenüberstanden.

Doch in diesem Moment wurde die Tür geöffnet. Der Earl von Calverton trat ins Zimmer.

»Aha, da sind Sie ja, Lyndbrooke!« rief er. »Die Diener sagten mir, Sie seien in Ihrem Arbeitszimmer.«

Langsam, fast zögernd, wandte sich der Duke dem Eintretenden zu.

Katrina hatte das Gefühl, als wäre sie mit einem harten Ruck wieder auf der Erde gelandet.

Der Earl durchquerte den Raum.

»Ich hoffe, ich störe nicht«, polterte er. »Falls ich *de trop* bin, müssen Sie es mir sagen.«

Katrina erhob sich.

»Ich bin sicher, Tante Lucy ist inzwischen aufgewacht und wünscht mich zu sehen«, erklärte sie ein wenig unzusammenhängend.

Sie schlüpfte aus dem Zimmer, ohne sich noch einmal nach dem Duke umzuschauen.

Er hatte das seltsame Gefühl, zusammen mit ihr hätte der Sonnenschein das Zimmer verlassen.

6

Der Duke traf mit Lord Kimberley bei der Kirche ein.

Er war nicht wirklich überrascht, festzustellen, daß außer ihnen nur noch ein einziges Mitglied der Hausgesellschaft zum Gottesdienst erschienen war: Katrina.

Sehr jung und voller Anmut wirkte sie in dem riesigen holzgeschnitzten Kirchengestühl.

Es war lange her, daß einmal einer seiner eleganten Gäste am Sonntag die Kirche besucht hatte.

Wenn der Duke auf Lyndbrooke weilte, gehörte es zu seinen Obliegenheiten, die Lesungen zu übernehmen.

Er hatte sich nie gegen diese alte Tradition gesperrt, obwohl er viel lieber zu dieser Stunde ausgeritten wäre.

An diesem Tag jedoch hatte der Außenminister ihm ausrichten lassen, daß er ihn gerne begleiten würde, falls er vorhabe, den Sonntagsgottesdienst zu besuchen.

Die Männer waren in einem offenen Wagen

zur Kirche gefahren, die am Rande des Parks lag.

Während sie im Schatten der großen Eichen dahinfuhren, hatte Lord Kimberley gesagt:

»Eine sehr vergnügliche Party, Lyndbrooke. Ich habe mich bestens amüsiert.«

»Freut mich zu hören«, erwiderte der Duke.

»Branstons Nichte ist übrigens das charmanteste und intelligenteste junge Mädchen, dem ich je begegnet bin.«

Erstaunt blickte der Duke ihn an.

Der Earl war als äußerst anspruchsvoll und kritisch bekannt, was Frauen betraf.

Außerdem widmete er sich seiner Arbeit und seinem Amt mit einer solchen Hingabe, daß es nie den geringsten Klatsch über ihn gegeben hatte und sein Name noch nie in einen Skandal verwickelt gewesen war.

Er hatte sich niemals mit einer jener schönen Ladys eingelassen, die ihn ihre Bewunderung und Verehrung immer wieder nur zu deutlich spüren ließen.

»Es ist schade, daß Branston keinen Sohn hat«, fuhr Lord Kimberley fort, der ganz offensichtlich seinen Gedanken nachhing. »Und ich befürchte, er wird auch seine Nichte nicht allzu lange behalten. Sie wird zweifellos bald heiraten, obwohl sie den Verstand eines Mannes hat.«

Der Duke antwortete nicht, da sie in diesem Moment vor dem Kirchenportal anhielten.

Der Vikar, der gleichzeitig auch der herzogliche Hauskaplan war, wartete bereits im Chorhemd auf sie, um sie in die Kirche zu geleiten.

Das Familiengestühl befand sich im Altarraum.

Nach dem, was der Earl über Katrina gesagt hatte, fand der Duke es nur angemessen, daß Katrina bereits anwesend war.

Er dachte einen Augenblick darüber nach, warum eine so schöne junge Frau auch noch klug und intelligent sein sollte, was der Außenminister ja wohl offenbar annahm.

Der Gottesdienst dauerte nicht zu lange, denn der Duke hatte dem Vikar Anweisung gegeben, die Gläubigen am Sonntagmorgen nie länger als eine Stunde in der Kirche festzuhalten.

Vor dem Portal wartete der Wagen, um die beiden Gentlemen wieder zurück zum Haus zu bringen, und Katrina stieg mit ein.

Sie wagte es nicht, den Duke direkt anzuschauen, was eigentlich gar nicht ihre Art war.

Dem Duke fiel ihr Verhalten auf, und er führte es auf die Unterhaltung zurück, die sie am frühen Morgen geführt hatten und die vom Earl von Calverton so ungeschickt unterbrochen worden war.

Das Gespräch selbst wollte ihm nicht aus dem Kopf. Er hatte es genossen, vor allem deshalb, weil er sich nicht erinnern konnte, sich mit einer Frau jemals auf diese Weise unterhalten zu haben.

Da sie neben ihm auf dem Rücksitz saß, war er sich ihrer Nähe sehr intensiv bewußt.

Er nahm an, daß sie genauso empfand.

Es war ein Gefühl, das sich von dem, was er üblicherweise in Gegenwart anderer Frauen empfand, völlig unterschied.

Katrina sprach mit dem Earl natürlich, ungeziert und völlig unverkrampft. Innerhalb weniger Minuten waren sie in ein Gespräch über die verschiedenen Religionen verwickelt, die die beiden auf ihren Reisen kennengelernt hatten.

Der Duke lauschte fasziniert. Er mußte gestehen, daß dies genau die Art von Unterhaltung war, die er selbst gerne mit dem Earl oder einem anderen kundigen Mann über den Fernen Osten geführt hätte.

Was Katrina alles wußte, setzte ihn in Erstaunen. Vor allem, als sie sagte:

»Ich bin immer mit Papa der Meinung gewesen, daß die Christen viel zuviel Aufhebens um den Tod machen. Schließlich hat Christus den Menschen doch gesagt, daß er gekommen ist, um der Welt den Glauben an die Auferstehung zu bringen.«

Sie machte eine Pause, bevor sie hinzufügte:

»Doch wir trauern alle über die Maßen. Besonders die Königin, die den schwarzen Krepp nicht mehr abgelegt hat, seit der Prinzgemahl gestorben ist.«

Lord Kimberley lachte.

»Das ist Majestätsbeleidigung. Aber gleichzeitig muß ich Ihnen rechtgeben, meine Liebe. Ein ganzes Jahr lang trauern, ist viel zu lang.«

»Besonders, wenn man daran glaubt«, sagte Katrina, »daß der Mensch, um den wir trauern, in Wirklichkeit lebt und uns vermutlich auslacht.«

»Glauben Sie das tatsächlich?« mischte sich der Duke ein. »Glauben Sie wirklich daran, daß Ihr Vater und Ihre Mutter in diesem Augenblick am Leben sind?«

»Natürlich leben sie«, erklärte Katrina fest. »Vorhin in der Kirche spürte ich sie ganz deutlich neben mir. Und ich bin sicher, sie werden mir immer dann helfen, wenn ich ein Problem habe und mir sagen, was ich tun soll.«

Die Art, wie sie sprach, sagte dem Duke, daß mit dem Problem, an das sie dachte, er selbst gemeint war.

Er nahm sich vor, noch an diesem Tag das Gespräch mit ihr fortzusetzen.

Er mußte ihr klarmachen, daß eine Reise ins Ausland oder eine Flucht unter keinen Umständen in Frage kamen.

Zum Luncheon gab es Gäste, und danach machte die ganze Gesellschaft einen kleinen Ausflug.

Auf dem Gut befanden sich mehrere hübsche Fleckchen, zu denen man die Gäste an den Sommertagen brachte, wenn das Wetter schön war.

In den nahegelegenen Wäldern lag ein See, dem heilende Kräfte zugeschrieben wurden und dessen Wasser vor allem gut gegen Rheumatismus sein sollte.

Eine andere Attraktion war ein Aussichtstempel, von dem aus man einen unvorstellbar schönen Blick über das ganze Land hatte.

Die männlichen Gäste besuchten gern die Pferdekoppeln, wo sie die Stuten mit ihren jungen Fohlen bewundern konnten.

Als alle wieder zurückkamen, war Teezeit.

Voller Genugtuung dachte der Duke, daß es ihm gelungen war, sowohl Anastasia als auch Lucy aus dem Weg zu gehen, indem er sie so eingeteilt hatte, daß keine von ihnen in der Kutsche mitfuhr, die er selbst lenkte.

Anastasia gehörte zu der Gruppe, die als letzte heimkehrte.

Der Duke fragte sich gerade, wo sie und die beiden jungen Gentlemen, mit denen sie zusammengewesen war, wohl geblieben sein könnten, als er den Wagen die Auffahrt hinaufkommen sah.

Rasch zog er sich in seinen Privatsalon zurück.

Am Fünf-Uhr-Tee nahm er nicht teil.

Als Katrina nach oben ging, um sich zum Dinner umzukleiden, wußte sie, daß sie den Duke verpaßt hatte.

»Aber ich muß unbedingt noch heute mit ihm reden«, sagte sie sich. »Es muß einfach eine Möglichkeit geben, zu verhindern, daß er mich heiraten muß – es sei denn, es wäre sein aufrichtiger Wunsch.«

Sie hielt es allerdings für sehr unwahrscheinlich, daß er sich etwas Derartiges wünschen sollte.

Doch gleichzeitig hoffte sie tief in ihrem Herzen, daß er sie eines Tages vielleicht ein wenig lieben würde, falls die Heirat zwischen ihnen unausweichlich sein sollte.

»Nur ein wenig, Mama«, sagte sie zu ihrer Mutter. »Ich weiß nämlich, daß das Leben mit ihm sehr aufregend sein würde – ausgenommen, ich bin ihm im Augenblick nicht nur gleichgültig, sondern er würde mich regelrecht hassen.«

Es stand für sie fest, daß sie sich seiner ganz intensiv bewußt war, wenn sie mit ihm in einem Raum war.

Auf der Fahrt von der Kirche zurück zum Schloß war seine Gegenwart besonders stark gewesen. Sie hatte seine Nähe im Wagen gespürt wie ein Feuer. Und es war ihr sehr schwer gefallen, sich auf die Unterhaltung mit dem Earl von Kimberley zu konzentrieren.

»Der Duke ist so beeindruckend«, sagte sie zu ihrer Mutter. »Wie sollte er sich ausgerechnet für mich interessieren? Ich muß jedoch zugeben, daß ich ein Leben mit ihm faszinierend fände, und es wäre wundervoll, Tag für Tag seinen Worten lauschen zu können.«

Sie zog das hübscheste Kleid an, das sie besaß. Es war weiß und paßte zu einer Debütantin.

Verziert war es mit winzigen Vergißmeinnichtsträußchen, und um die schmale Taille trug sie eine blaue Schärpe, die im Rücken in die Turnüre überging.

Sie sah aus, als sei sie einem Modejournal oder einem Gemälde entstiegen.

»Sie sehen hinreißend aus, Miß!« rief Emily, als Katrina fertig angekleidet vor ihr stand. »Ich glaube, wenn wir noch ein paar indische Blumen, die von gestern abend übriggeblieben sind, nehmen und sie mit einer blauen Samtschleife zu einem kleinen Bukett binden, wäre es das Tüpfelchen auf dem i.«

Die Frangipanis wirkten nicht nur hübsch, ihr süßer Duft stimmte Katrina romantisch.

So stieg sie die Treppe zum Dinner hinunter, in der Hoffnung, daß der Duke sie bewundern würde.

Als sie das Wohnzimmer betrat, stellte sie fest, daß sie sehr früh war. Erst wenige Gäste hatten sich hier eingefunden.

Ihre Augen begegneten denen des Duke, und sekundenlang waren beide wie versteinert.

Katrina fühlte ihren Herzschlag, laut und wild, so wie sie es noch nie zuvor erlebt hatte.

Doch während sie noch dastand und sich von den Augen des Duke nicht loszureißen vermochte, brachen einige der Gäste über eine witzige Bemerkung in schallendes Lachen aus.

Der Bann war gebrochen.

Katrina wandte sich ab, sie brachte jedoch kein Wort hervor.

Mit blicklosen Augen starrte sie auf eines der Bilder an der Wand, täuschte intensives Interesse vor und versuchte verzweifelt, ihre Fassung zurückzugewinnen.

Während des Dinners dachte sie nur an den Duke, der am Kopfende des Tisches saß.

Als die Ladys anschließend den Raum verließen und in den Salon gingen, trat Katrina an eins der Fenster im entferntesten Teil des Raumes.

Sie schlüpfte hinter den Vorhang und schaute hinaus in die Nacht.

Sie hatte den Eindruck, daß Mond und Sterne ihr etwas mitteilen wollten, war jedoch nicht sicher, was es war.

Doch dann spürte sie wieder überdeutlich die Gegenwart ihrer Eltern, genauso wie am Morgen in der Kirche.

Ein unsagbares Glücksgefühl durchströmte sie, und die Angst schien von ihr abzufallen.

»Morgen werden alle Gäste abgereist sein«, sagte sie sich, »dann kann ich mit ihm reden.«

Da es Sonntag war, fand keine Tanzveranstaltung statt.

Die Gäste hatten fast ausnahmslos an den Spieltischen Platz genommen.

Katrina glaubte, sie könnte sich ohne Schwierigkeiten zurückziehen. Niemand würde es bemerken.

Sie stahl sich aus dem Raum und stieg, ohne sich von einem der Tische in der Halle einen Kerzenleuchter zu nehmen, die Treppe hinauf.

Mit Emily hatte sie vereinbart, daß sie ihr läuten werde, wenn sie auf ihr Zimmer gekommen sei. Deshalb war niemand anwesend.

Auf dem Ankleidetisch brannten zwei Kerzen.

Katrina zog den Vorhang zurück, um noch ein wenig die Sterne am Nachthimmel zu betrachten. Sie war sehr überrascht, als sie plötzlich die Komteß von Calverton im Zimmer stehen sah.

»Ich sehe, du möchtest früh zu Bett gehen«, sagte diese. »Das beabsichtige ich auch. Doch ich frage mich, ob du mir vorher einen Gefallen tun kannst.«

»Aber natürlich«, antwortete Katrina höflich.

Sie war überrascht von der freundlichen Art, in der die Komteß mit ihr sprach.

»Ich habe etwas sehr Dummes angestellt«, fuhr diese fort. »Ich stand am offenen Fenster und blickte zu den Sternen empor wie du. Dabei muß ich mein Armband verloren haben. Es ist nach unten gefallen, und ich möchte nicht gern einen Diener bitten, es mir wiederzuholen.«

Anastasia ließ ein leises Lachen hören, bevor sie weitersprach.

»Mein Mann reißt mir den Kopf ab wegen meiner Unachtsamkeit. Ich hoffe nur, das Armband ist heil geblieben bei dem Fall. Es muß genau in das Blumenbeet unter meinem Fenster gefallen sein.«

»Sie möchten also, daß ich es Ihnen hole?« fragte Katrina.

»Würdest du das für mich tun? Aber geh bitte

nicht durch die große Halle, sonst werden die Diener aufmerksam und haben wieder neuen Stoff für einen Klatsch über eine reiche Lady, die mit Juwelen um sich wirft.«

Wieder lachte sie, und Katrina antwortete:

»Ich werde die Steintreppe nehmen und durch die Hintertür gehen. Ich weiß, wo sie ist.«

»Du bist sehr nett«, sagte Anastasia aufatmend. »Ich schäme mich zutiefst wegen meiner Nachlässigkeit.«

Katrina lief auf Zehenspitzen den Flur entlang und stieg die Seitentreppe hinunter.

Sie hatte diese bemerkt, als sie am Morgen nach unten gegangen war, um den Duke in seinem Arbeitszimmer aufzusuchen.

Dabei hatte sie eine Tür entdeckt, die in den Rosengarten führte.

Wenn ich Zeit hätte, würde ich schrecklich gern einmal den Garten erkunden, dachte sie. Allein natürlich, ohne eine Schar von schnatternden und schwatzenden Leuten.

»Alles auf Lynd ist so wundervoll«, murmelte sie. »Die vielen Menschen passen eigentlich nicht hierher. Zumindest zerstören sie mit ihrem unablässigen Gerede die Atmosphäre.«

Sie fand die Gartentür, die sich leicht entriegeln ließ.

Es war nicht völlig dunkel draußen. Die vielen erleuchteten Fenster erhellten die unmittelbare Umgebung des Hauses.

Doch als sie unter dem Zimmerfenster der

Komteß stand, stellte sie fest, daß es in diesem Teil des Gartens regelrecht dunkel war.

Die Blumenbeete dort lagen in undurchdringlichem Schatten, und Katrina fürchtete, daß es nicht leicht sein würde, in dieser Dunkelheit ein Armband zu finden.

Sie ging näher heran und blickte zum Fenster hinauf. Sie fragte sich, wo das Armband auf dem Boden angekommen sein könnte.

In diesem Moment wurde ihr etwas Schweres, Schwarzes über den Kopf geworfen.

Noch bevor sie schreien oder sich wehren konnte, wurde sie hochgehoben und von starken Armen fortgetragen.

Alles ereignete sich völlig unerwartet und in Blitzesschnelle.

Katrina war starr vor Schreck.

Der Sack oder was immer es sein mochte, war so dicht und dick, daß sie kaum noch Luft bekam und das Atmen ihr Schwierigkeiten machte.

Dann begann der Mann, der sie trug, zu laufen. Er rüttelte sie so stark, daß es ihr unmöglich war, zu schreien.

Was hat das nur zu bedeuten? fragte sich Katrina in heller Panik. Will man mich entführen? Aber warum? Wer tut so etwas?

Ganz unerwartet blieb der Mann stehen.

Gemurmel drang an Katrinas Ohr, doch sie konnte kein Wort verstehen.

Im nächsten Augenblick warf der Mann sie zu Boden. An dem dumpfen Laut des Aufschlags glaubte sie zu erkennen, daß es sich um Dielenbretter handelte, bis sie unter sich das Knarren von Wagenrädern hörte.

Man hatte sie auf einen Karren geladen, der von Pferden gezogen wurde.

Verwirrt und zu Tode erschreckt, wagte Katrina es nicht, sich zu rühren.

Sie spürte die Räder, die sich unter ihr drehten und wußte, daß die Pferde in einen Trab gefallen waren.

Langsam setzte sie sich auf und versuchte, das stinkende Ding, das man ihr übergeworfen hatte, loszuwerden.

Sobald sie es mit den Händen berührt hatte, wußte sie, daß es kein Sack, sondern eine Pferdedecke war.

Deshalb also war sie darunter fast erstickt.

Sie zerrte die Decke von ihrem Kopf und sah, daß um sie her völlige Dunkelheit herrschte.

Hohe Wände umschlossen sie, nur von oben drang ein schwacher Lichtschein zu ihr herunter.

Plötzlich wußte Katrina, wo sie sich befand. Obwohl sie keine Einzelheiten erkennen konnte, gab es für sie nicht den geringsten Zweifel: sie befand sich in einem Zigeunerwagen.

»Aber warum nur?« flüsterte sie.

Handelte es sich um die Zigeuner, die sie am Rande des Rennplatzes gesehen hatte?

Und wenn es so war, warum wollten die Zigeuner sie entführen?

Das Ganze war so unbegreiflich, daß sie eine Zeitlang bewegungslos sitzen blieb und versuchte, Klarheit in ihre Gedanken zu bringen.

Sie war völlig aus der Fassung gebracht, und gleichzeitig erfüllte sie eine schreckliche Angst.

Tastend streckte sie die Hände aus und stellte fest, daß neben ihr – wie sie es vermutet hatte – ein Bett stand.

Sie wandte sich zur anderen Seite und stieß dort ebenfalls auf ein Bett. Sie lag also zwischen zwei Betten auf dem Holzfußboden eines Zigeunerwagens.

Aber was sollte das?

Warum schaffte man sie fort?

Sie begriff nicht, was da mit ihr geschah.

Die Furcht machte es schwierig für sie, zu atmen, geschweige denn zu denken.

Sie erhob sich und setzte sich auf eins der Betten. Die Matratze war hart, doch es war eine Decke darüber ausgebreitet, und am Kopfende lag ein Kissen.

Katrina rutschte zum Fußende des Bettes und ertastete eine Tür. Sie stellte fest, daß sie sich nicht öffnen ließ. Vermutlich hatte man von außen einen Riegel vorgeschoben, und sicherlich saß dort auch die Person, die die Pferde lenkte, welche den Wagen zogen.

Katrina überlegte, ob es nicht noch einen zweiten Ausgang geben könnte, und kam zu der Erkenntnis, daß das Gefährt nur eine einzige Tür besaß.

Auf beiden Seiten gab es sehr hoch angebrachte schmale Fenster, durch die Katrina nur im Stehen nach draußen blicken konnte.

Sie sah, daß der Wagen durch einen Wald fuhr. Hier und da erkannte sie über den Baumkronen das Funkeln der Sterne.

Würde es wohl einen Zweck haben, gegen die Tür zu hämmern und um Hilfe zu schreien? Sie kam zu der Einsicht, daß man sich entweder nicht darum kümmern oder sie zum Schweigen bringen würde.

Sie kehrte also wieder zum Bett zurück und ließ sich darauf nieder.

Sie konnte nichts tun außer zu beten und zu hoffen, daß ihre Gebete erhört würden.

Nach einer Weile legte sie sich hin, weil sie dachte, daß dies bequemer wäre.

Von den Zigeunern, die sie in der Vergangenheit kennengelernt hatte, wußte sie, daß diese ihre Wohnwagen peinlich sauber hielten. Sie betrachteten sie als ihr Heim und als etwas Geheiligtes, und wenn der Besitzer verstorben war, wurde sein Wagen verbrannt.

Katrina legte den Kopf auf das klumpige Kissen und stellte fest, daß es nach würzigen Kräutern duftete.

Später kam ihr der Gedanke, daß dieser Duft eine einschläfernde Wirkung hatte, nachdem sie eine Weile still dagelegen hatte, schlief sie ein.

*

Katrina erwachte und sah das Tageslicht durch die Fenster des Wohnwagens dringen. Außerdem wurde ihr bewußt, daß der Wagen zum Stillstand gekommen war.

Sie fragte sich, was sie tun sollte, als die Tür geöffnet wurde, nachdem jemand den Riegel zurückgeschoben hatte.

Ein junges Mädchen mit dunklem Haar und dunklen Augen stand vor ihr und blickte auf sie nieder.

Wenige Augenblicke später erschien neben ihr ein älterer Mann, ganz offensichtlich ein Zigeuner. Langes schwarzes Haar umrahmte sein dunkelhäutiges Gesicht mit den hohen Wangenknochen.

Die beiden starrten Katrina an, die sich bewußt wurde, daß sie seltsam aussehen mußte in ihrem weißen Kleid mit den vielen Vergißmeinnichtsträußchen darauf.

»Du hungrig?« fragte das Mädchen.

»Ja, sehr«, erwiderte Katrina. »Aber können Sie mir sagen, warum ich hier bin?«

Das Mädchen blickte den Mann hinter sich an. Mit dunkler, schroffer Stimme sagte er:

»Uns wurde aufgetragen, dich nach London mitzunehmen.«

»Nach London?« rief Katrina überrascht. »Warum denn das?«

Der Mann bedachte sie mit einem Blick aus seinen dunklen Augen, den sie nicht zu deuten wußte. Dann verlangte er:

»Keine Fragen! Am besten, du nichts wissen. Iß etwas.«

Er schloß die Tür, und Katrina hörte, daß der Riegel wieder vorgeschoben wurde.

Sie zuckte hilflos die Achseln.

Was hätte sie dagegen unternehmen sollen?

Dann dachte sie über das Gehörte nach, und plötzlich schlugen ihr die Zähne aufeinander.

Sie zitterte am ganzen Körper, und eine Furcht, die sie nicht verstand, erfüllte ihr Herz.

*

Nachdem Katrina in den Garten gegangen war, um das Armband zu suchen, schloß Anastasia die Schlafzimmertür und kehrte zu der Party im Salon zurück.

Niemand schien ihre kurze Abwesenheit bemerkt zu haben, denn sie hatte vorher an keinem der Kartentische Platz genommen und kein einziges Spiel gemacht.

Tatsächlich hatte sie sich in einem anderen Teil des Raumes aufgehalten und Katrina keinen Moment aus den Augen gelassen.

Als Katrina den Raum verlassen hatte, war sie ihr gefolgt.

Nun bewegte sich Anastasia langsam und mit der ihr eigenen anmutigen Geschmeidigkeit in Richtung Kamin.

Sie erspähte den Duke, der mit einem der jungen Männer sprach, mit denen Anastasia am

Nachmittag ausgefahren war, und ging deshalb zu den Spieltischen.

Der Earl hatte soeben eine Runde Bridge gewonnen und war mit sich selbst äußerst zufrieden.

Der junge Gentleman, mit dem sich der Duke unterhielt, sagte:

»Ich bin erstaunt, Euer Gnaden, daß Sie Zigeuner auf Ihrem Besitz dulden. Mein Vater hat strikt verboten, daß sie auch nur einen Fuß auf unseren Grund und Boden setzen. Daher wurde bei uns selten einmal gewildert, und Hühner haben wir auch nie vermißt.«

»Vielleicht haben Sie mit Ihren Zigeunern schlechte Erfahrungen gemacht«, erwiderte der Duke. »Aber auf diesem Besitz hatten wir nie Schwierigkeiten mit ihnen, und von meinen Pächtern und Wildhütern habe ich eigentlich niemals Klagen darüber gehört, daß diese Menschen unsere Gastfreundschaft mißbraucht hätten.«

Er machte eine Pause und fuhr dann fort:

»Außerdem finden wir sie im Herbst sehr nützlich, wenn wir jede Hand bei der Ernte gebrauchen können.«

»Dann können Sie froh sein«, meinte der junge Mann. »Wir hatten jedenfalls mit diesen Leuten niemals Glück. Wir wohnen beim New Forest, und manchmal kommt es dort sogar zu blutigen Kämpfen zwischen rivalisierenden Banden.«

Der Duke wußte, daß es auf Lynd nie einen derartigen Ärger gegeben hatte und war tatsächlich froh darüber.

Er mochte diese malerisch aufgeputzten Menschen und war der Meinung, daß ihre bunten Wagen der englischen Landschaft einen ganz eigenen Reiz verliehen.

Er hatte sogar in Indien Zigeuner getroffen, die dort als Kunstschmiede arbeiteten und in schwarzen Zelten lebten.

Ihre Frauen trugen mehr Schmuck an Armen und Fußgelenken als alle anderen Inderinnen.

Er nahm sich vor, mit Katrina darüber zu sprechen.

Während er an sie dachte, schweifte sein Blick suchend durch den Raum. Aber als er sie nicht entdeckte, sagte er sich, daß sie wohl schon zu Bett gegangen war.

Es war gegen ein Uhr am Morgen, als die Kartenspieler genug verloren oder gewonnen hatten und endlich bereit zu sein schienen, sich zurückzuziehen.

Nur einige der älteren Paare waren schon früher zu Bett gegangen. Doch es war immer noch eine lange Prozession von Gästen, die sich die Treppe hinauf zu den Zimmern bewegten.

»Gute Nacht, Komteß«, sagte Lucy, als sie Anastasias Schlafzimmertür erreicht hatten.

»Gute Nacht, Lady Branston«, erwiderte Anastasia.

Es bestand nicht der geringste Zweifel, daß ihre Augen trotz des höflichen Klangs in ihrer Stimme hart und kalt blickten.

Anastasia bemerkte, wie schön Lucy war mit dem warmen Kerzenlicht auf ihrem goldfarbenen Haar.

Lucy betrat ihr Zimmer. Ihre Zofe, die auf sie gewartet hatte, erhob sich aus einem der Sessel und unterdrückte erfolglos ein Gähnen.

»Sie sind spät, M'lady.«

»Das stimmt«, erwiderte Lucy, »und ich bin auch sehr müde, Agnes. Das beste ist, ich schlafe morgen einfach etwas länger.«

»Sehr wohl, M'lady.«

Sie nahm Lucy das Kollier aus Saphiren und Brillanten ab und legte es in die Schmuckschatulle zurück. Dann sagte sie:

»Ist Miß Katrina mit nach oben gekommen, M'lady? Das Mädchen, das sie betreut, war ganz erstaunt, daß sie heute so spät ist, wo sie doch an den anderen Abenden immer schon sehr früh zu Bett ging.«

»Miß Katrina ist schon vor Stunden zu Bett gegangen«, erwiderte Lucy. »Ich sah, daß sie unauffällig den Salon verließ, und dachte noch, daß dies sehr vernünftig von ihr wäre.«

»Well, vielleicht war sie nicht mehr im Salon, M'lady, aber nach oben gekommen ist sie nicht. Ich bin eben noch in ihrem Schlafzimmer gewesen, weil ihr Zimmermädchen sich Sorgen macht.«

»Das verstehe ich nicht«, sagte Lucy.

Der Gedanke durchzuckte sie, Katrina könnte beim Duke sein.

Aber er hatte den ganzen Abend über Karten gespielt und den Raum nicht verlassen.

Sie wußte es, weil sie ununterbrochen versucht hatte, seine Aufmerksamkeit auf sich zu lenken – ohne Erfolg allerdings.

Und ein anderer Mann?

Nein, Lucy war sicher, daß alle infrage kommenden männlichen Gäste erst zusammen mit ihr nach oben gegangen waren.

»Sie müssen sich irren«, sagte sie laut zu ihrer Zofe.

Sie legte ihre Armreifen ab, gab sie Agnes, durchquerte das Zimmer und öffnete die Tür.

Mit schnellen Schritten ging sie in Katrinas Schlafzimmer.

Das junge Mädchen, das Katrina betreute, stand am Fenster und blickte hinaus.

»Miß Katrina ist noch nicht da, M'lady. Ich hab' den ganzen Abend darauf gewartet, daß sie mir läuten würde. Als ich nichts von ihr hörte, bin ich nach oben gegangen, um nach ihr zu sehen und festzustellen, ob sie ohne meine Hilfe zu Bett gegangen ist. Aber ihr Bett ist völlig unberührt, wie Eure Ladyschaft feststellen können.«

»Das verstehe ich nicht!« rief Lucy. »Wenn sie in den Garten gegangen sein sollte, wird sie bald merken, daß es zu dieser nächtlichen Stunde recht kühl werden kann.«

Dann sagte sie sich, daß dies mal wieder typisch Katrina war, die ihr mit ihren krausen Ideen ständig auf die Nerven ging.

Der Himmel wußte, daß das Mädchen ihr Kopfschmerzen bereitete, seit es nach England gekommen war.

Doch gleichzeitig wurde Lucy das unbehagliche Gefühl nicht los, daß Katrina vielleicht fortgelaufen sein könnte.

Sie war so fest entschlossen gewesen, nur einen Mann zu heiraten, den sie liebte.

Das Leben im Ausland hat sie völlig verdorben, dachte Lucy. Nichts als Flausen im Kopf! Vor allem was die Ehe betraf. Kein normales englisches Mädchen hatte so wirre Vorstellungen wie sie.

»Well, gleichgültig wo sie ist, früher oder später wird sie hier auftauchen«, sagte sie zu Emily. »Sie gehen am besten zu Bett. Soll sie allein fertig werden. Sie muß sich ja auch sonst ohne Mädchen begnügen.«

»Ich würde aber lieber bleiben, M'lady.«

Lucy zuckte die Achseln.

»Das müssen Sie selbst entscheiden«, sagte sie. »Ich jedenfalls gehe jetzt zu Bett.«

Sie verließ das Zimmer und sah den Duke die Treppe heraufkommen.

Sie wußte, er war noch einmal nach unten gegangen, um etwas zu holen – das Buch vielleicht, das er unter dem Arm trug.

Weil sie so glücklich war, ihm zu begegnen,

wartete sie, bis er auf dem Podest angelangt war.

Wieder, wie so oft zuvor, dachte sie, daß er der attraktivste Mann der ganzen feinen Gesellschaft war.

Wenn er erst einmal mit der einfältigen Nichte ihres Mannes verheiratet war, würde es sehr erregend sein, die Zeit mit ihm allein zu verbringen, wenn er auf Lynd weilte.

Sie hatte im Geiste bereits das Schlafzimmer ausgewählt, das sie dann bewohnen würde.

Entscheidend war nur, daß sie das Interesse des Duke an ihrer Person wachhielt oder dafür sorgte, daß es zumindest nicht abflaute und so blieb, wie es am Abend ihrer Ankunft auf Lynd gewesen war.

Als er die Empore erreichte, sagte sie mit jener weichen Stimme, die alle Männer dahinschmelzen ließ:

»Es war ein ganz wundervoller Abend. Ich hoffe nur, Sie hatten Glück beim Kartenspiel.«

Der Duke lächelte.

»Ich freue mich, daß Sie sich amüsiert haben.«

»Ich bin der Meinung, daß Lynd der schönste Besitz ist, den ich jemals gesehen habe«, murmelte Lucy. »Genau der richtige Hintergrund für seinen Besitzer.«

In ihren Augen erschien ein verführerischer Ausdruck, aber der Duke reagierte nicht darauf. Im Gegenteil, er machte Anstalten, an ihr vorbeizugehen und sie einfach stehen zu lassen.

In diesem Augenblick kam Lord Branstons Diener aus dem Ankleideraum.

Durch die geöffnete Tür sah Lord Branston seine Frau mit dem Duke auf der Empore stehen.

In seinen dicken Morgenmantel gehüllt, trat er auf den Korridor hinaus und ging auf die beiden zu.

»Was ist geschehen?« fragte er. »Etwas nicht in Ordnung?«

»Aber natürlich ist alles in Ordnung, Liebster. Ich wollte unserem liebenswürdigen Gastgeber nur gute Nacht sagen.«

Dann fiel ihr ein, ihr Mann könnte es seltsam finden, daß sie noch nicht in ihrem Schlafzimmer war.

»Katrina scheint verschwunden zu sein«, sagte sie. »Ihr Mädchen macht sich schon Sorgen ihretwegen. Ich nehme an, sie ist irgendwo im Park oder im Garten und starrt den Mond an.«

»Ihre Nichte ist nicht in ihrem Zimmer?« entfuhr es dem Duke. »Aber ich sah sie doch schon vor Stunden den Salon verlassen.«

»Ja, das sah ich auch«, erwiderte Lucy. »Ich war sicher, sie wäre müde und hätte sich längst hingelegt.«

»Es erscheint mir sehr merkwürdig, daß sie nicht da ist«, stieß der Duke hervor. »Und falls sie sich draußen aufhält und die Türen sind verschlossen, kann sie nicht wieder ins Haus zurück.«

»Ich denke, es besteht keinerlei Grund zur

Aufregung«, sagte Lucy leichthin. »Sie weiß sich schon zu helfen.«

»Ich kann mir schwerlich vorstellen, daß sie nicht im Haus sein sollte«, erklärte der Duke. »Es ist Viertel vor zwei am Morgen. Draußen ist es kalt, und was um alles in der Welt sollte sie die ganze Zeit über gemacht haben?«

Dann erinnerte sich der Duke an das Gespräch, das er mit Katrina geführt hatte. Wie ein Blitzschlag traf ihn der Gedanke, sie könnte davongelaufen sein.

Doch wenn es so war, was wollte sie ohne Geldmittel anfangen?

Nach ihren Worten von heute morgen zu urteilen, besaß sie ja keinen einzigen Penny.

Ohne ein weiteres Wort ging er zu Katrinas Schlafzimmer und sagte zu Emily, die knickste, als sie ihn sah:

»Würden Sie bitte nachschauen, ob irgendwelche Kleider von Miß Darley fehlen?«

Emily schaute überrascht, öffnete jedoch umgehend den Kleiderschrank.

Nach einem raschen Blick auf die Abendkleider und die normale Garderobe, sagte sie:

»Nein, Euer Gnaden, soweit ich das sehen kann, fehlt kein einziges Kleidungsstück, ausgenommen das Kleid, das Miß Katrina zum Dinner trug.«

»Auch kein Umhang oder Mantel?« wollte der Duke wissen.

»Nein, Euer Gnaden. Alles, was sie mitbrachte, hängt im Schrank.«

Der Duke verließ den Raum und kehrte zur Empore zurück, wo Lucy und Lord Branston warteten.

Schweigend blickte er sie an.

»Sie muß in den Garten gegangen sein«, sagte Lucy. »Wirklich ärgerlich, wie das Kind sich aufführt! Zum guten Schluß holt sie sich noch einen Schnupfen, und das ist etwas, worauf ich im Augenblick liebend gern verzichten kann.«

Der Duke hörte nicht hin.

Er stieg die Treppe hinunter. In der Halle angekommen, befahl er dem Nachtdiener, die Haustür aufzuschließen.

Da alle Gäste auf ihren Zimmern zu sein schienen, war die Tür geschlossen und verriegelt worden.

Während der Diener den Befehl des Duke ausführte, sagte er:

»Ich bin sicher, Euer Gnaden, daß niemand draußen ist.«

»Haben Sie nicht gesehen, ob Miß Darley in den Garten gegangen ist?«

»Nein, Euer Gnaden. Sie ist schon vor Stunden nach oben gegangen. Die russische Lady war bei ihr.«

Der Duke runzelte die Stirn, bevor er fragte:

»Sind Sie ganz sicher?«

»Ja, Euer Gnaden. Die russische Lady folgte

Miß Darley die Treppe hinauf. Ich hörte sie dann zusammen sprechen.«

»Danke, James«, sagte der Duke. »Sie können die Tür wieder schließen.«

Er stieg nach oben.

Ohne Lucy oder Lord Branston, die immer noch auf der Empore standen, eine Erklärung zu geben, ging er zu Anastasias Zimmer und klopfte an die Tür.

Nach einigen Minuten wurde diese von Anastasias Zofe, einer Französin, geöffnet.

Als die Zofe den Duke erblickte, machte sie einen Knicks, und er sagte:

»Ich möchte Ihre Herrin sprechen!«

Die Zofe kehrte ins Zimmer zurück.

Anastasia saß in einem aufreizenden Negligé vor dem Spiegel. Die schwarzen Haare fielen ihr tief über die Schultern.

Sie hatte die Worte des Duke gehört. Sie erhob sich und näherte sich ihm.

Dabei ließ sie das Negligé, das sie über einem hauchzarten Nachtgewand trug, absichtlich offen.

»Sie verlangen nach mir?« fragte sie, als sie die Tür erreicht hatte.

Die Anspielung in ihren Worten entging dem Duke nicht, aber er ging nicht darauf ein, sondern sagte mit Schärfe in der Stimme:

»Ich hörte, Sie sind mit Katrina nach oben gegangen. Sie haben mit ihr gesprochen, und ich will wissen, was Sie zu ihr gesagt haben.«

Anastasia zögerte nur ganz kurz, bevor sie antwortete. Der Duke wartete ungeduldig, die Augen durchdringend auf ihr Gesicht gerichtet.

»Genau kann ich mich nicht erinnern«, erklärte sie. »Wir lachten miteinander und sprachen über die Party, glaube ich.«

Sie machte eine Pause und fuhr dann fort:

»Danach ging ich wieder nach unten, weil das Kind sagte, es würde zu Bett gehen.«

Ihre Worte klangen plausibel, doch der Duke wußte, daß sie log.

»Sie sind sicher, daß sie sagte, sie wolle zu Bett gehen?« hakte der Duke nach.

»Ja, genau das war es, was sie sagte«, gab Anastasia zur Antwort. »Hätte ich das anzweifeln sollen?«

»Nein, natürlich nicht«, räumte der Duke ein. »Doch seltsamerweise ist sie noch nicht zu Bett gegangen. Und auf ihrem Zimmer ist sie auch nicht.«

»Wie eigenartig!« rief Anastasia. »Da wird ihre Tante sich aber Sorgen machen!«

Während sie sprach, trat sie am Duke vorbei auf den Gang hinaus und ging auf Lucy zu.

»Es tut mir ja so leid für Sie, liebe Lady Branston. Es ist wohl nicht ganz einfach, ein so schönes junges Mädchen zu beaufsichtigen und sie vor Schwierigkeiten zu bewahren.«

»Ich kann mir nicht vorstellen, daß meine Nichte in Schwierigkeiten sein sollte«, antwortete Lucy scharf. »Allerdings befindet sie sich im Augenblick nicht auf ihrem Zimmer, und wie ich soeben hörte, sind Sie die letzte Person, die sie gesehen hat.«

»Ja, ich sah sie tatsächlich«, gab Anastasia zu. »Doch sie sagte mir, sie gehe zu Bett, und ich kehrte in den Salon zurück.«

»Das ist in der Tat äußerst merkwürdig«, sagte Lord Branston ernst.

»Vielleicht machen Sie alle aus einer Maus einen Elefanten«, meinte Anastasia leichthin und lächelte hinreißend. »Mädchen bleiben Mädchen, und sie sind manchmal vielleicht sogar ein wenig unartig. Sie werden sehen, morgen früh ist sie wohlbehalten wieder zurück – das hoffe ich wenigstens für Sie.«

Anastasia spielte Theater. Das stand für den Duke fest.

Dabei reizte sie Lucy bis an die Grenze des Möglichen.

Um sie noch mehr aufzubringen, legte sie jetzt ihre Hand auf Lord Branstons Arm und sagte:

»Ich finde es rührend, Mylord, wie Sie sich um Ihre Nichte sorgen. Und falls sie wirklich verschwunden sein sollte, werden wir selbstverständlich nach ihr suchen müssen.«

Sie sprach mit einer solchen Ergriffenheit und einem solchen Mitgefühl in der Stimme, daß Lord Branston erwiderte:

»Das ist sehr liebenswürdig von Ihnen, aber wir sollten Sie jetzt nicht länger aufhalten.«

»Nein, wirklich nicht«, sagte Lucy spitz. »Wir alle müssen jetzt ins Bett. Ich werde mir Katrina morgen vornehmen, weil sie uns einen solchen Schrecken eingejagt hat.«

Der Duke wandte sich wortlos um und stieg erneut hinunter in die Halle.

Diesmal verließ er das Haus, nachdem er dem Diener befohlen hatte, ihm die Tür noch einmal aufzuschließen.

Es war nicht so kalt draußen, wie alle angenommen hatten, doch die Nacht war dunkel, bis auf die Sterne.

Er wanderte am Haus entlang. Dabei dachte er, falls jemand unten beim Fluß war und das Haus beobachtete, würde es schwierig sein, ihn in diesem Schatten auszumachen.

Der Duke umrundete den Westflügel. Dann betrat er den Rosengarten, zu dem Katrinas Fenster hinausging.

Es war schwierig, etwas zu erkennen.

Über den Rasen näherte er sich der Hauswand und blieb dicht davor stehen. Er schaute zu den beiden nebeneinanderliegenden erleuchteten Fenstern hinauf.

Als er den Blick zu Katrinas Balkon weiterwandern ließ, bemerkte er, daß die Vorhänge weit zurückgezogen waren – wie in der Nacht, in der er ihr Zimmer betreten hatte.

»Was mag ihr nur zugestoßen sein?« flüsterte er. »Wo kann sie sich aufhalten?«

Er dachte, daß sie zwar immer noch verwirrt

sein mochte wegen der bevorstehenden Heirat, aber nicht mehr völlig verängstigt und entsetzt. Irgendwie mußte die Vorstellung, seine Frau zu werden, auch etwas Verlockendes für sie haben. So glaubte er wenigstens.

Er erinnerte sich an das, was er gefühlt hatte, als sie nach dem Gottesdienst zusammen nach Hause gefahren waren.

Mit einem Mal war ihm klar geworden, daß ihre Empfindungen für ihn sich geändert hatten.

Obwohl sie beide nicht darüber gesprochen hatten, wußte jeder von ihnen, daß es sehr viel Gemeinsames zwischen ihnen gab.

Es war eine Gemeinsamkeit, die sich von allem unterschied, was er zuvor gekannt hatte.

»Das, was mit ihr geschehen ist, könnte sie veranlaßt haben, zu fliehen«, sagte er sich. »Aber sie war doch ohne jede Geldmittel und trug nur ihr Abendkleid. So würde ein Mädchen wie Katrina nicht davonlaufen.«

In diesem Moment sah er etwas auf dem Boden liegen. Unwillkürlich bückte er sich, um es aufzuheben.

Er nahm einen zarten Duft wahr, den er zu kennen glaubte.

Dann wurde ihm bewußt, daß er die Blumen in der Hand hielt, die Fragipanis, die Katrina im Haar getragen hatte.

Er hatte bei ihrem Anblick gedacht, daß diese Blüten sie besser kleideten, als Goldschmuck und Edelsteine.

Die Sterne am Himmel verbreiteten nur ein schwaches Licht. Doch er war so gut wie sicher, daß das, was er in der Hand hielt, nicht sämtliche Blüten waren, die sie am vergangenen Abend getragen hatte.

Er erinnerte sich, daß es ein kleiner Strauß gewesen war, zusammengehalten von einem blauen Band, dessen Farbe wundervoll zum Silberblond ihres Haares paßte.

Als er nun die Blüten betrachtete, stand es für ihn fest, daß es nicht der ganze Strauß war. Außerdem spürte er, daß die Blüten zerdrückt waren.

Katrina war Gewalt zugefügt worden. Etwas, das ihn aufs höchste beunruhigte, ohne daß er sich eine konkrete Vorstellung von dem, was geschehen war, machen konnte.

Der Gedanke tauchte in ihm auf, daß Katrina sich vielleicht mit jemandem im Garten getroffen haben könnte – mit einem Mann natürlich.

Der Duke wunderte sich, welch einen Aufruhr dieser Gedanke in ihm bewirkte.

War es so?

Hatte Katrina sich mit einem Mann verabredet? Hatte sie deshalb vorgetäuscht, zu Bett zu gehen?

Die Blumen konnten auch bei einer leidenschaftlichen Umarmung zerdrückt worden sein.

Oder hatte sie sich gegen jemanden zur Wehr setzen müssen, und sie waren dabei zu Boden gefallen?

Nachdenklich betrat der Duke das Haus.

Die Hintertür ließ er unverriegelt für den Fall, daß Katrina doch noch zurückkommen und ins Haus gelangen wollte.

Er wußte plötzlich, daß er sie nicht verlieren konnte.

Daß er fest entschlossen war, sie wiederzufinden.

Gleichgültig, welche Erklärung es für ihr Verschwinden geben sollte.

Er würde sie nach Lynd zurückholen.

Und zu sich zurück.

7

Der Duke fand in dieser Nacht keinen Schlaf und stand in aller Frühe auf.

Ohne seinem Diener zu läuten, kleidete er sich an und stieg im Reitdreß die Treppe hinunter.

Die Diener, die gerade ihren Dienst antraten, sahen ihn überrascht an.

Die Hausmädchen in ihren weißen Häubchen knicksten, und die Lakaien verbeugten sich.

Der Duke war so sehr in Gedanken versunken, daß er sie gar nicht wahrnahm. Er verließ das Haus durch den Haupteingang und ging zu den Ställen.

Dort waren die Stallknechte dabei, die Boxen zu säubern.

Aus einer plötzlichen Eingebung heraus sagte der Duke:

»Wer von euch ist gestern mit der Komteß von Calverton unterwegs gewesen?«

Schweigen entstand, bevor einer der älteren Stallknechte namens Ramon sagte:

»Ich, Euer Gnaden.«

Der Duke blickte ihn an. Er erinnerte sich daran, gehört zu haben, daß der Vater dieses Mannes ein Zigeuner gewesen war, der eins der Dorfmädchen in Schwierigkeiten gebracht hatte.

Der uneheliche Sohn war von den Großeltern aufgezogen worden.

Nur weil sie lange Jahre auf Lynd angestellt gewesen waren, hatte Ramon später, als er erwachsen war, einen Job in den Ställen erhalten.

Schon bald stellte sich dann heraus, daß er hervorragend mit Pferden umgehen konnte.

Der Oberstallmeister hatte einmal zum Duke gesagt: »Er hat ein Händchen für Pferde, Euer Gnaden. Manchmal kommt es mir so vor, als wendete er bei ihnen einen geheimnisvollen Zigeunerzauber an.«

Während der Duke nun Ramon anschaute, fiel ihm ein, daß Anastasia als letzte von dem gestrigen Ausflug zurückgekehrt war.

Während er noch nachdachte, sagte er:

»Hat Ihre Ladyschaft auf dem Rückweg noch einmal anhalten lassen?«

»Ja, Euer Gnaden, bei den Zigeunern.«

»Und warum?«

Die Frage klang scharf, doch Ramon entgegnete:

»Ich nehme an, Ihre Ladyschaft wollte sich die Zukunft aus der Hand lesen lassen.«

»Sie sprach also allein mit einem der Zigeuner?«

»Ja, Euer Gnaden.«

Der Duke setzte zu einer weiteren Frage an,

als er bemerkte, daß einer der Knechte ein gesatteltes Pferd auf den Hof hinausführte.

»Für wen ist dieses Tier?« wollte er wissen.

»Für den Earl von Calverton, Euer Gnaden. Seine Lordschaft wollte sehr früh ausreiten, da er heute morgen bereits wieder nach London abreist.«

Der Duke entschloß sich blitzschnell.

»Seien Sie in einer halben Stunde mit Conqueror an der Vordertür«, sagte er zu Ramon. »Und suchen Sie sich ein Pferd aus, das mit seinem Schritt halten kann.«

Ramon blickte ihn überrascht an.

Doch dann tippte er mit der Hand an den Schirm seiner Mütze und nickte, während der Duke bereits zum Haus zurückging.

Er suchte sein Arbeitszimmer auf und saß grübelnd an seinem Schreibtisch. Auf seinem Gesicht lag ein Ausdruck, der einen das Zittern hätte lehren können.

Er rührte sich nicht bis zu dem Augenblick, in dem die Diener das Frühstück im Frühstückszimmer bereitet hatten.

Da manche seiner Gäste Frühaufsteher waren wie er selber, wurde bereits ab sieben Uhr das Frühstück serviert.

Es dauerte dann bis zum späten Morgen.

Als der Duke den Raum betrat, der soeben von den ersten Sonnenstrahlen erhellt wurde, fand er ihn leer.

Fünf Minuten später eilte der Earl von Calverton ins Zimmer.

»Guten Morgen, Lyndbrooke«, sagte er. »Ich habe mir fast gedacht, daß Sie der einzige sind, den ich hier unten antreffen würde.«

»Sie sind früh, Calverton«, bemerkte der Duke.

»Ich wollte gern einmal eins Ihrer hervorragenden Pferde reiten, bevor wir nach London aufbrechen. Ich hoffe, Sie haben nichts dagegen.«

»Ich freue mich, wenn es Ihnen Vergnügen bereitet«, erwiderte der Duke.

Der Earl bediente sich aus einer der erwärmten Silberschüsseln, die auf einem Beistelltisch standen. Dann sagte er:

»Es war eine ungemein amüsante Party. Ich hoffe, ich kann mich in allernächster Zeit für Ihre Gastfreundschaft revanchieren.«

Der Duke gab keine Antwort, und der Earl machte es sich auf einem Stuhl neben ihm bequem.

»Es tut mir leid«, sagte er, »Ihr Tête-à-tête mit Branstons charmanter Nichte gestört zu haben.«

Da der Duke noch immer schwieg, fuhr der Earl fort:

»Ich sagte zu Anastasia, ich wäre nicht überrascht, wenn Sie, der eingefleischte Junggeselle, in Kürze Ihre Freiheit verlieren würden. Jedenfalls ist dieses Mädchen ungewöhnlich attraktiv. Eine Schönheit, wie man sie nur selten findet.«

Er lachte über seinen eigenen Scherz. Der Duke sprang auf und stieß seinen Stuhl zurück.

»Genießen Sie Ihren Ritt, Calverton«, sagte er. »Ihr Pferd wartet draußen auf Sie, es ist ziemlich lebhaft.«

»Genau das, was ich mag«, antwortete der Earl voller Genugtuung.

Der Duke verließ den Frühstücksraum und stieg eilig, aber würdevoll die Haustreppe hinauf.

Er erreichte die Empore, wo sich sein und auch Anastasias Zimmer befanden, und blickte sich um.

Da es sehr früh war, lag das Stockwerk noch in tiefer Ruhe, und er wußte, daß noch keine der Ladys ihr Frühstück bestellt hatte.

Er öffnete die Tür zu Anastasias Schlafzimmer und stellte fest, daß der Raum, wie er es erwartet hatte, in tiefem Dunkel lag.

Er drehte hinter sich den Schlüssel um und ging zum Fenster.

Er zog die Vorhänge zurück. Es war das Fenster, durch das er Freitag nacht auf Katrinas Balkon geflüchtet war.

Das Sonnenlicht durchflutete den Raum, und Anastasia wachte auf.

Gereizt wollte sie sich auf die andere Seite drehen, als sie den Duke erkannte.

Sekundenlang starrte sie ihn fassungslos an, dann rief sie:

»Tristram, was machst du hier?«

Der Duke trat an ihr Bett, und als Anastasia sich in den Kissen aufrichtete, nahm er neben ihr auf dem Bettrand Platz.

Fragend schaute sie ihn an.

»Ich will, daß du mir sofort sagst, was du den Zigeunern gezahlt hast, damit sie Katrina entführen, und wohin man sie gebracht hat!« verlangte der Duke betont ruhig.

»Ich weiß nicht, wovon du sprichst.«

»Ich gebe dir genau eine Minute, um meine Frage zu beantworten«, drohte der Duke mit eisiger Stimme. »Andernfalls – und das schwöre ich dir – würge ich dich so lange, bis du es mir gesagt hast.«

Anastasia stieß einen Entsetzensschrei aus.

»Du bist verrückt! Du hast kein Recht, so mit mir zu reden! Mach, daß du fortkommst!«

Der Duke streckte die Hand nach ihr aus.

Bevor sie es verhindern konnte, umklammerte er ihren schlanken Hals.

Dabei sagte er leise:

»Du hast mir gesagt, du hättest es gern, wenn ich brutal zu dir bin. Well, Anastasia, jetzt bin ich entschlossen, brutal zu dir zu sein.«

Entsetzt blickte sie ihn an, als er fortfuhr:

»Ich werde dir nicht nur weh tun, Anastasia. Ich werde dich würgen, wenn du mich dazu zwingst.«

Seine Stimme wurde tiefer und grollender.

»Ich werde dich nicht umbringen, aber wie du wissen solltest, wirst du einen unheilbaren Gehirnschaden erleiden, wenn deine Augen aus den Höhlen quellen.«

Anastasia ließ einen Laut hören, der wie das Röcheln einer Erstickenden klang.

»Wie kannst du so etwas auch nur sagen? Wie kannst du nur so grausam zu mir sein?«

»Du bist es, die grausam ist«, erwiderte der Duke kalt. »Wo ist sie?«

Der Griff um ihre Kehle verstärkte sich.

Obwohl sie versuchte, seine Hände zu lokkern, begann sie zu stöhnen und nach Luft zu ringen.

»Wo ist sie?« wiederholte der Duke.

Er lockerte den Griff, damit sie antworten konnte.

»Ich weiß – es – nicht.«

Die Worte kamen stoßweise über ihre Lippen.

Wieder wurden die Hände des Duke zu eisernen Klammern, und er bemerkte die panische Angst in ihren Augen.

»Sag es mir!« forderte er.

Wieder lockerte er den Griff, doch sie brachte kein Wort hervor. Rasselnd und keuchend rang sie nach Luft, während sie erschöpft in die Kissen zurücksank.

*

Der Duke stürmte die Treppe hinunter. Er rannte immer noch, als er die Stufen der Freitreppe nahm.

Ramon wartete auf ihn, Conqueror an den Zügeln haltend.

Conqueror war ein prächtiger schwarzer Hengst, den der Duke schon seit über einem Jahr ritt. Neben Conqueror stand Juno, eine braune Stute, die nicht weniger schnell und ausdauernd war.

Der Duke schwang sich in den Sattel, und als Ramon aufgesessen war, sagte er:

»Unser Ritt ist von äußerster Wichtigkeit und Dringlichkeit. Sie müssen mir die geheime Route zeigen, die die Zigeuner nach London nehmen.«

Einen Moment lang wirkte Ramon überrascht.

Als sich der Duke dann in Richtung Rennplatz in Bewegung setzte, von wo aus die Zigeuner seiner Meinung nach aufgebrochen waren, folgte Ramon ihm.

Dabei dachte er, daß er seinen Herrn noch nie so aufgewühlt, zornig und zu allem entschlossen erlebt hatte.

*

Katrina fürchtete sich.

Das Zigeunermädchen, dessen Name, wie sie mitbekommen hatte, Lilli war, brachte ihr das Essen.

Danach bat Katrina sie um Wasser, damit sie sich waschen konnte.

Das Mädchen verschwand und kam mit einer vollen Schüssel zurück.

Es stellte sie auf den Boden und legte ein sauberes Handtuch auf eins der Betten.

Nachdem Katrina sich Gesicht und Hände gewaschen hatte, betrachtete sie voller Unbehagen die Knitter und Schmutzflecke in ihrem weißen Kleid.

Ebenso stellte sie fest, daß die Blumen in ihrem Haar zerdrückt waren.

Einige der Frangipaniblüten schienen sogar zu fehlen.

Es war ein ganzes Bouquet gewesen, das Emily ihr gestern abend mit einem blauen Band ins Haar gesteckt hatte.

Sie hob einige der Blütenblätter, die auf dem Boden des Wagens lagen, auf und legte sie in eine Ecke des Bettes.

Ihr Haar hing ihr lose über die Schultern. So gut sie es ohne Kamm und Bürste vermochte, ordnete sie es.

Als Lilli zurückkam, glaubte Katrina an den Geräuschen, die durch die geöffnete Tür von draußen zu ihr hereindrangen, zu erkennen, daß die Zigeuner sich zur Weiterfahrt rüsteten.

»Bitte, sprich doch mit mir«, bat sie das Mädchen. »Ich habe große Angst. Ich weiß nicht, warum ich hier bin, wohin wir fahren und warum ihr mich mitnehmt.«

Sie sprach in ihrem weichen melodischen Tonfall.

Es war ein Tonfall, in dem sie mit einem Kind

oder einem Menschen, den sie freundlich stimmen wollte, gesprochen hätte.

Lilli war ein schönes Mädchen mit ihren großen dunklen Augen und den schwarzen Haaren.

Sie schaute sie ängstlich an und sagte dann:

»Ich darf nicht mit dir sprechen.«

»Das ist aber sehr unfreundlich«, sagte Katrina. »Wir sind zwei Mädchen fast im gleichen Alter. Warum sollten wir nicht miteinander sprechen?«

Lilli betrachtete Katrinas Kleid und sagte:

»Sehr hübsch. Du bist sehr hübsch.«

»Du auch«, erwiderte Katrina warm.

Sie ließ sich auf einem der Betten nieder und sagte leise, damit niemand sie draußen hörte:

»Sag mir doch, wohin ihr mich bringt!«

Lilli blickte sie verängstigt an.

»Es ist falsch«, flüsterte sie, »sehr falsch. Aber Lady geben fünzig Pfund, um dich wegzubringen.«

»Fünfzig Pfund?« wiederholte Katrina erstaunt.

Sie dachte, daß Anastasia sie abgrundtief hassen mußte, wenn sie eine so riesige Summe bezahlte, um sie loszuwerden.

»Und wohin fahren wir?« fragte sie nach einer kurzen Pause.

Abwehrend hob Lilli die Hand.

»Ich kann es nicht sagen«, murmelte sie. »Es ist falsch, ganz falsch. Aber wir brauchen einen neuen Wagen und ein neues Pferd. Mit fünfzig Pfund können wir alles kaufen.«

»Wenn ihr mich zurückbringt«, schlug Katrina ruhig vor, »gibt mein Onkel euch ganz sicher hundert Pfund.«

Lillis Augen weiteten sich.

Dann sagte sie:

»Nein – nein. Wenn wir zurückgehen, wird mein Vater von der Polizei verhaftet. Aber wenn wir dich verkaufen, bekommen wir noch mal zehn Pfund – vielleicht sogar fünfzehn.«

Als wenn sie fürchtete, zuviel gesagt zu haben, eilte sie aus dem Wagen und schloß die Tür hinter sich.

Wenige Minuten später hörte Katrina, daß die Pferde wieder vor die Deichsel gespannt wurden.

Wieder waren sie langsam aber unaufhaltsam unterwegs zu einem unbekannten Ziel und in eine ungewisse Zukunft.

Katrina hatte das Gefühl, daß etwas Entsetzliches mit ihr geschehen würde.

Immer wenn sie durch die Fenster des kleinen Wagens blickte, sah sie vorüberziehende Baumwipfel, was bedeutete, daß sie die meiste Zeit durch Wälder fuhren.

Sie hatte schon oft von den geheimnisvollen Routen gehört, auf denen die Zigeuner durchs Land zogen, ohne daß jemand wußte, wo sie waren.

Nun dachte sie verzweifelt, daß der Duke – selbst wenn er nach ihr suchen würde, was sie bezweifelte – sie unmöglich finden könnte.

Sie wußte, es war der Duke, nach dem sie Sehnsucht hatte und auf den sie ihre ganze Hoffnung setzte.

Nur er konnte verhindern, daß man sie verkaufte – was immer das auch bedeuten mochte.

Blaß und verschwommen tauchte ein Gedanke in ihr auf, den ihr Vater einmal geäußert hatte.

Sie waren damals in Algerien.

Er war empört darüber gewesen, daß man englische Mädchen mit dem Schiff ins Ausland verschleppte und sie auf arabischen Sklavenmärkten verkaufte.

Katrina vermutete, daß man diese Mädchen zu Dienerinnen machte.

Seltsam genug, wenn man bedachte, daß es Hunderte von Araberjungen gab, die verzweifelt eine Arbeit als Hausboy suchten.

Man benutzte diese Mädchen also zu etwas anderem.

Aber wozu?

Die Frage ging Katrina nicht aus dem Kopf.

Sie fürchtete sich tief in ihrem Inneren vor der Antwort oder, genauer gesagt, vor der Ahnung, wie diese Antwort lauten könnte.

Sie sah keinen Ausweg, wußte nicht, was sie tun sollte, und begann zu beten.

Sie dachte an ihre Eltern. Versuchte deren Nähe zu erspüren und bat sie, dem Duke zu helfen, damit er einen Weg fand, sie zu befreien.

Sie dachte auch an ihren Onkel.

Er würde sich große Sorgen wegen ihres Verschwindens machen, jedoch nicht wissen, was er tun sollte.

Tante Lucy dagegen würde erleichtert sein.

Keinen Finger würde sie rühren, um sie zurückzuholen.

Blieb nur der Duke.

Sie stellte ihn sich vor. Er war so stark, so stattlich, so voller Autorität. Mein Gott, wenn sie ihn doch wenigstens so weit interessierte, daß er versuchte, sie zu suchen und zu befreien.

Natürlich, er mußte zunächst herausfinden, was mit ihr geschehen war und wo sie sich aufhielt.

So wie sie ihn einschätzte, bedeutete dies eine Herausforderung für ihn.

»Bitte, Papa, schicke ihn zu mir. Bitte!« Sie faltete die Hände. »Ich liebe ihn. Ich liebe ihn auch dann, wenn er mich nicht heiratet, sondern einen Weg findet, zu verhindern, daß ich seine Frau werde. Ich werde ihn immer lieben. Gleich, was auch geschieht, ich werde ihn lieben bis ans Ende meines Lebens.«

Sie war sicher, daß sie wie ihre Mutter war, die nur einen einzigen Mann in ihrem Leben geliebt hatte.

»Nachdem ich deinen Vater kannte«, hatte sie einmal zu Katrina gesagt, »wie hätte ich da noch einen anderen Mann attraktiv finden können! Selbst wenn die schönsten Männer der Welt mir zu Füßen gelegen hätten, ich wäre nicht imstande gewesen, von ihnen Notiz zu nehmen.«

Die Mutter hatte mit einem hingerissenen Ausdruck auf ihrem schönen Gesicht gesprochen.

Und sie sah damit noch bezaubernder aus als gewöhnlich.

Katrina antwortete mit einem Lächeln:

»Und Papa empfindet dir gegenüber genau das gleiche.«

»O Liebling, wir sind so glücklich«, war die Antwort gewesen. »Ich bete zu Gott, daß er dir eines Tages, wenn du erwachsen bist, ebenfalls diese Art der Liebe schenkt, denn es ist die einzige wahre Form des Glücks, die es auf der Welt gibt.«

»Und genauso liebe ich den Duke, Mama«, sagte Katrina jetzt zu ihrer Mutter. »Doch da er mich nicht liebt, wird unsere Ehe nie so sein wie deine Ehe mit Papa.«

Ein leiser Schrei entfuhr ihr, der an den Schrei eines gequälten Tieres erinnerte.

Sie wußte, es würde keine Ehe mit dem Duke geben.

Sie würde aus einem unbegreiflichen Grund an irgendeinen unbekannten Menschen verkauft werden, und der Duke würde so seine Freiheit wiedererlangen.

Katrina bedeckte ihr Gesicht mit den Händen.

Während ihr die Tränen über die Wangen liefen, sagte sie sich, daß dies alles nur geschehen war, weil die Komteß den Duke liebte.

Und selbst wenn dieser kein Interesse mehr an

ihr hatte, es würde Dutzende schöner Frauen geben, die ihren Platz einnehmen wollten.

Stetig trabten die Pferde weiter.

Dann hielt der Wagen endlich an, und Katrina hörte, daß die Tiere ausgespannt wurden.

Man ließ sie auf eine Weide, damit sie sich Futter suchten.

Katrina roch den Rauch eines Feuers und wußte, daß die Zigeuner sich ihr Mittagsmahl kochten.

Sie erinnerte sich daran, gehört zu haben, daß Zigeuner es vorzogen, in der Nacht zu fahren und sich während des Tages versteckt zu halten.

Sie hatten inzwischen gewiß schon viele Meilen zurückgelegt.

Selbst wenn man zum jetzigen Zeitpunkt ihr Verschwinden bemerkt hätte, würde niemand wissen oder auch nur ahnen können, wohin man sie verschleppt hatte oder in welche Richtung ihre Entführer gefahren waren.

Katrina wußte: der erste Gedanke des Duke würde sein, daß sie geflüchtet war.

Doch dann dachte sie daran, wie klug und scharfsinnig er war, und so sagte sie sich, daß er in ihrem Zimmer nachsehen und feststellen würde, daß ihre ganzen Sachen noch dort waren.

Falls sie vorgehabt hätte, ins Ausland zu gehen, wie sie es ihm vorgeschlagen hatte, hätte sie es gewiß nicht in einem weißen, mit Vergißmeinnicht geschmückten Kleid getan.

Sie hätte etwas Vernünftiges angezogen, um

unter allen Umständen zu vermeiden, die Aufmerksamkeit der Leute auf sich zu ziehen.

Der Duke war ein kluger Mann. Er würde genau diese Überlegungen anstellen.

Unausweichlich würde er an eine Entführung denken und alles in Bewegung setzen, sie zu finden.

»Gib, daß er mich findet, lieber Gott«, flehte sie. »Gib, daß er mich findet!«

In diesem Augenblick vernahm sie Hufschläge.

Ihr Herz drohte auszusetzen bei dem Gedanken, daß es vielleicht der Duke sein könnte.

Er hatte sie gefunden! Es war wie ein Wunder!

Sie sprang auf und stürzte zur Tür. Fest drückte sie ihr Ohr dagegen, um wenigstens zu hören, was draußen vorging.

Dann ertönte seine Stimme.

Es gab nicht den geringsten Zweifel. Er war es, der klar und voller Autorität verlangte:

»Ich möchte mit dem Familienoberhaupt sprechen. Wer von euch ist es?«

Mit einem Schrei höchster Erleichterung schlug Katrina mit beiden Fäusten gegen die verriegelte Tür des Wohnwagens.

»Ich bin hier! Ich bin hier! Retten Sie mich! Bitte, holen Sie mich hier heraus!«

*

Der Duke war sehr beunruhigt gewesen, als Ramon ihn durch weite Wälder und an brachliegenden Feldern entlang führte.

Ab und zu erkannte er Radspuren, die, so dachte er, von einem Zigeunerwagen hätten herrühren können.

Jedenfalls war der Weg rauh und hart, da es lange Zeit nicht mehr geregnet hatte, und es war schwierig, irgendeine Spur zu finden, die ihm hätte weiterhelfen können.

Er hielt sein Tempo stetig bei und verließ sich ganz darauf, daß Ramon die richtige Strecke kannte.

Die Gedanken des Duke jagten einander.

Falls er Katrina bis London nicht gefunden haben sollte, würde er alle Polizisten der Stadt dazu zwingen, nach ihr zu suchen.

Die Pferde waren schweißnaß, und sie vergingen fast vor Durst, als Ramon, der vorausritt, die Hand ausstreckte und nach vorn deutete.

Durch die Bäume sah der Duke in der Ferne das runde Dach eines Wohnwagens.

Es kostete ihn ein großes Maß an Selbstbeherrschung, sich die Erleichterung, die er empfand, nicht zu sehr anmerken zu lassen.

In dieser Zeit des Jahres waren viele Zigeuner unterwegs.

Diejenigen, deren Wagen er jetzt sah, konnten zu einem anderen Clan oder Stamm gehören, als die, die auf Lynd kampiert hatten.

Vielleicht kannten sie diese nicht einmal.

Der Duke zügelte sein Pferd.

An Ramons Gesichtsausdruck erkannte er, daß sie am Ziel ihrer Suche waren – so unfaßbar es auch erscheinen mochte.

Als er nach dem Anführer der Zigeuner fragte, hörte er Katrinas Schrei.

Er gab seinem Pferd die Sporen und trieb es zu dem Wagen, dessen Deichsel auf dem Boden lag.

Mit einem Satz war er aus dem Sattel und mit einem zweiten an der Tür des Wohnwagens. Der eiserne Riegel flog zur Seite, und Katrina stand in der Tür.

Sekundenlang blieb sie auf der kleinen Plattform stehen, auf der sich auch der Kutschbock befand.

Sie blickte auf ihn nieder. Ihre Augen strahlten vor Glück.

In ihrem Gesicht lag ein so leuchtender Ausdruck, daß es dem Duke erschien, als sei sie noch viel schöner, als er sie in Erinnerung hatte.

Sie stieß einen leisen Schrei aus, als begriffe sie erst in diesem Moment, daß es wirklich der Duke war, den sie vor sich sah, und daß sie frei und in Sicherheit war.

Etwas Anrührendes ging von ihrem Anblick aus, doch dem Duke blieb nicht die Zeit, ihn zu genießen. Kaum daß der Schrei verklungen war, warf sie sich in seine Arme.

Er fing sie auf, und als er sie an sich drückte, barg sie das Gesicht an seiner Schulter und stammelte unzusammenhängend:

»Sie sind – gekommen. Ich habe Papa gebeten, daß er Sie zu mir führt. Und nun sind Sie – hier.«

»Ich habe dich gefunden«, sagte der Duke. »Und so etwas wird nie, nie wieder geschehen.«

Katrina brach in Tränen aus. Erst jetzt schien ihr bewußt zu werden, wie sehr sie sich geängstigt hatte und wie verzweifelt sie gewesen war.

Der Duke fühlte, wie ihr ganzer Körper unter dem Schluchzen erbebte, und ein Gefühl übergroßer Liebe überkam ihn. Es war eine Liebe, wie er sie noch nie zuvor für eine Frau empfunden hatte.

Aber er hatte bereits gewußt, daß dieses Mädchen sein Herz erobert hatte. In der vergangenen Nacht, als er vor lauter Grübeln kein Auge zugetan hatte, war es ihm klargeworden.

Er hatte es vor sich selbst nur noch nicht zugeben wollen.

Nicht einmal während des Ritts, bei dem jeder Nerv in ihm zum Zerreißen gespannt gewesen war und ihn die Angst gequält hatte, sie nicht finden zu können.

All das ging ihm nun durch den Kopf, während er sie fester an sich preßte und ihren zarten Körper spürte, der immer noch heftig zitterte.

Jetzt wußte er, daß er sie beschützen, für sie sorgen und sie lieben würde bis ans Ende seines Lebens.

Nie wieder würde er zulassen, daß sie unglücklich war oder sich vor irgend etwas auf der Welt ängstigte.

»Es ist alles gut«, sagte er besänftigend und streichelte ihr langes Haar. »Ich bin ja da. Niemand wird dir je wieder etwas antun können.«

Bei diesen Worten dachte er an das Hurenhaus, in das Anastasia sie durch die Zigeuner hatte verkaufen wollen.

Er beschloß, daß dies etwas war, das sie niemals erfahren durfte.

Als Katrina seine Stimme vernahm, zwang sie sich mit, wie ihm schien, bewundernswerter Selbstbeherrschung mit ihrem Weinen aufzuhören.

Der Duke blickte sich um, die Arme immer noch fest um ihre Schultern geschlungen.

Er wollte mit den Zigeunern reden, stellte jedoch fest, daß sie verschwunden waren.

Nur die drei Wagen standen noch an der selben Stelle, und die Pferde grasten friedlich unter den Bäumen.

Immer noch brannte das kleine Kochfeuer, und um das Feuer herum standen die Töpfe und Pfannen, in denen sie das Essen zubereitet hatten.

Aber es gab nicht die geringste Spur eines menschlichen Wesens, außer Katrina, dem Duke und Ramon, der sich ein wenig abseits hielt, war niemand dort.

Der Duke wandte sich zu Ramon um.

Der Stallbursche kam näher, die Zügel der beiden Pferde in den Händen.

Als hätte der Duke ihn bereits gefragt, sagte er:

»Sie wissen, daß sie etwas falsch gemacht haben, Euer Gnaden. Deshalb sind sie geflohen. Sie werden erst zurückkommen, wenn wir nicht mehr hier sind.«

»Gut, dann werden wir gleich aufbrechen«, sagte der Duke.

Er blickte Katrina, die noch nicht aufgeschaut hatte, an und sagte:

»Miß Darley wird mit mir reiten. Besorgen Sie uns eine Decke, auf der sie vor mir auf dem Pferd sitzen kann, und einen Schal, der sie vor der Kälte schützt.«

Er zog einen Sovereign aus der Westentasche und warf ihn Ramon zu, der ihn geschickt auffing.

Ramon ließ die Pferde, die sich nicht von der Stelle bewegten, los und kletterte in den Wohnwagen, den Katrina soeben verlassen hatte.

Mit einer Decke kehrte er zurück.

Er legte sie vor den Sattel des Duke, dann ging er zu einem der Wagen.

Die Türen standen offen, und das Innere war ein wirres Durcheinander.

Unter anderem gab es Körbe und Wäscheklammern, die die Zigeuner anfertigten und in den Dörfern zum Kauf feilboten.

Ramon nahm ein Schultertuch. Es war nicht neu, aber sauber. Offensichtlich war es erst kürzlich frisch gewaschen worden.

Er brachte es dem Duke, der das weiße Tuch über Katrinas Schultern legte.

Dankbar blickte sie zu ihm auf.

»Ich... ich hätte nie geglaubt, daß Sie mich finden würden«, flüsterte sie.

»Ich hätte dich gefunden, und wenn man dich zum Mond gebracht hätte«, sagte er. »Doch nun ist unser Bedarf an Aufregungen gedeckt, und deshalb werde ich dich dorthin bringen, wo du sicher bist und ich für dich sorgen kann. Derartige Dinge werden nie wieder geschehen.«

Ihre Augen bekamen einen fragenden Ausdruck. Er lächelte, als er sagte:

»Überlasse alles mir.«

»Genau das ist es, was ich mir wünsche«, murmelte sie mit einem Schluchzen in der Stimme.

In ihren Wimpern schimmerten noch die Tränen, doch ihre Augen strahlten.

Der Duke war sich bewußt, daß er in diesem Augenblick nichts lieber getan hätte, als sie zu küssen.

Doch er wußte, daß dies ein Fehler sein würde.

Also nahm er sie auf seine Arme und hob sie auf das Pferd.

Vorsichtig stieg er selbst in den Sattel und legte den linken Arm um sie, während seine Rechte die Zügel ergriff.

Als sie davongaloppierten, folgte Ramon ihnen in kurzem Abstand.

Katrina sagte leise:

»Ist es Wirklichkeit, daß Sie bei mir sind – träume ich nicht?«

»Es ist Wirklichkeit«, bestätigte der Duke. »Ich möchte, daß du alles, was geschehen ist, vergißt. Statt dessen solltest du versuchen, an schöne Dinge zu denken – bis wir in London sind.«

»London?« fragte Katrina. »Reiten wir nach London?«

»Von hier aus ist es näher nach London als nach Lynd«, erwiderte er. »Und was ich vorhabe, kann ich im übrigen von London aus leichter in die Wege leiten als von Lynd. In Lynd würden wir auch zu vielen Menschen zu viele Dinge erklären müssen. Ich bin sicher, das ist auch nicht in deinem Sinne.«

Katrina erbebte.

Sie dachte an eine neuerliche Begegnung mit Anastasia. Sekundenlang schnürte ihr die Angst die Kehle zu.

Außerdem kam ihr der Gedanke an Lucy, die bestimmt sehr ärgerlich sein würde, weil der Duke seine Aufmerksamkeit ausschließlich ihr, Katrina, geschenkt hatte.

Sie bettete den Kopf an seine Schulter. Es war etwas, das ihr ganz natürlich und selbstverständlich erschien.

Sie verglich ihn mit Perseus, der antiken Rettergestalt. Genau wie dieser war er gekommen, sie zu befreien. Sie mußte sich nun nie wieder fürchten.

Sie brauchten nicht lange, bis sie das Haus des Duke in der Park Lane erreichten.

Obwohl die Dienerschaft über ihr unerwartetes Erscheinen überrascht war, ließ sich niemand etwas anmerken. Man bereitete dem Herrn und dessen Begleiterin einen herzlichen Empfang.

Der Duke befahl der Wirtschafterin, Katrina in einem der Prunkschlafzimmer unterzubringen.

Katrina folgte der schwarzgekleideten Frau nach oben, obwohl ihr die Trennung vom Duke schwerfiel. Aber sie tröstete sich damit, daß er versprochen hatte, später zu ihr zu kommen.

»Ruh dich zuerst einmal gründlich aus«, hatte er gesagt. »Danach werde ich zu dir kommen und mit dir reden.«

Die Wirtschafterin war zu taktvoll, um Fragen zu stellen.

Sie ließ nur einige mißbilligende Laute fallen über die Knitter in Katrinas kostbarem Abendkleid.

Wie von Zauberhand ausgebreitet, lag plötzlich ein prachtvolles Nachtgewand auf dem Bett.

Die Wirtschafterin erklärte, daß eine der weiblichen Gäste des Duke es liegengelassen hätte.

»Ich habe leider nichts anderes zum Anziehen, als das, was ich im Augenblick trage«, erklärte Katrina.

Obwohl sie die Neugier in den Augen der Frau registrierte, stellte diese keine Fragen.

Als Katrina endlich im Bett lag und sich behaglich ausstreckte, brachte ein Mädchen etwas zu essen für sie. Erst jetzt stellte Katrina fest, daß sie hungrig war.

Natürlich hätte sie es aufregender gefunden, das Luncheon zusammen mit dem Duke einzunehmen, aber es tröstete sie der Gedanke, wie wundervoll es war, bei ihm in seinem herrlichen Haus in Sicherheit zu sein.

Niemand konnte ihr hier etwas antun!

»Danke, lieber Gott, danke«, betete sie inbrünstig.

Dabei war sie sicher, daß es ihr Vater gewesen war, der dem Duke den Weg zu ihr gewiesen hatte.

Welch ein Glück, daß der Duke in seinem Stall einen Mann beschäftigte, der die geheimen Wege der Zigeuner kannte, was man von einem gewöhnlichen Reitknecht nie hätte erwarten können.

Ihr Tablett hatte man inzwischen wieder abgeholt, und sie versuchte ein wenig zu schlafen, was ihr jedoch nicht gelang.

Die Zeit verging, und in Katrina setzte sich der Gedanke fest, daß der Duke sie vergessen haben mußte.

Doch schließlich wurde die Tür geöffnet, und der Duke stand auf der Schwelle.

Er sah äußerst gut aus, und sie dachte, daß es keinen Mann auf der ganzen Welt geben könnte, der erregender und männlicher wirkte.

Sie errötete, als ihr bewußt wurde, welche Gedanken ihr da in den Sinn gekommen waren.

Sie dachte, daß er auf dem Stuhl Platz nehmen würde, den die Wirtschafterin ihr ans Bett gerückt hatte.

Statt dessen setzte er sich zu ihr auf den Bettrand, nahm ihre Hand in die seine und sagte zärtlich:

»Geht es dir gut? Haben sie dir auch nicht wehgetan?«

»Nein, aber ich fürchtete mich, denn das Zigeunermädchen, das sich um mich kümmerte, sagte, ich solle in London verkauft werden. Ich konnte einfach nicht verstehen, warum jemand daran interessiert sein könnte, mich zu – kaufen.«

Sie fühlte, daß die Finger des Duke die ihren noch fester umschlossen, bevor er sagte:

»Ich möchte, daß du das vergißt. Daß du überhaupt alles vergißt, was geschehen ist.«

»Ich werde es versuchen«, versprach sie. »Aber ich hatte entsetzliche Angst, Sie könnten glauben, ich wäre davongelaufen, und würden deshalb gar nicht daran denken, mich zu suchen.«

»Vielleicht hätte ich das geglaubt, wenn ich mich nicht in deinem Schlafzimmer umgeschaut hätte. Danach wußte ich, daß du nicht geflohen warst, denn all deine Kleider hingen noch in den Schränken. Du hattest nichts mitgenommen, trugst nur das, was du am Körper hattest. Und das war dein Abendkleid.«

Katrina stieß einen leisen Entzückenslaut aus.

»Ich wußte, Sie würden das feststellen. Aber wie kamen Sie auf den Gedanken, daß ich entführt worden war?«

»Im Garten fand ich einige der Blüten, die du beim Dinner im Haar getragen hattest. Es kam mir sonderbar vor, daß du sie verloren hattest – und dies auf gewaltsame Weise, wie mir schien.«

»Sie sind sehr scharfsinnig!«

Da der Duke zu der Überlegung gelangt war, daß er mit Katrina darüber sprechen sollte, erzählte er ihr, wie er erfahren hatte, daß Anastasia am Tag zuvor die Kutschenfahrt unterbrochen hatte, um mit den Zigeunern zu verhandeln.

Er erzählte ihr, daß er ihr das Geständnis entlockt hatte, diese bezahlt zu haben, damit sie Katrina mit nach London nähmen.

»Sie hat Ihnen die Wahrheit gestanden?« fragte Katrina verwundert.

Der Duke wußte, sie war viel zu intelligent, um zu glauben, daß Anastasia ihm die Wahrheit freiwillig gestanden hätte.

»Ich mußte eine gewisse Überredungskunst anwenden«, gestand er. »Aber darüber möchte ich nicht mit dir reden. Sprechen wir lieber über die Pläne, die ich für uns gemacht habe und die hoffentlich deine Zustimmung finden werden.«

»Pläne?«

In Katrinas Augen war ein deutlicher Ausdruck von Angst zu erkennen.

Als er spürte, wie ihre Hand zu zittern begann, war ihm klar, daß sie fürchtete, er werde sie fortschicken.

Vielleicht glaubte sie, er werde nach den Vorfällen der vergangenen Nacht bereit sein, auf ihren Vorschlag einzugehen, und ihr die Mittel geben, um ins Ausland reisen zu können.

Oder sie glaubte, er hätte sie nach London gebracht, damit nie ein Mensch erfuhr, was geschehen war.

Der Duke blickte ihr in die Augen. Er konnte darin lesen wie in einem Buch.

Zärtlich sagte er:

»Ich fürchte, Liebling, du bist dir nicht darüber im klaren, daß ich dich liebe.«

Stille breitete sich zwischen ihnen aus.

Schließlich sagte Katrina mit einer Stimme, die ihr selbst fremd klang:

»Haben Sie gesagt, Sie... Sie lieben mich?«

»Ja, ich liebe dich«, bestätigte der Duke. »Und was ich in den vergangenen Stunden gelitten habe, hat in mir den Entschluß gefestigt, daß ich dich nie wieder alleinlassen werde.«

Er beugte sich über sie.

Noch bevor Katrina wußte, was mit ihr geschah, waren seine Lippen auf den ihren.

Als er sie küßte, begriff er, daß er noch nie zuvor eine Frau so geküßt hatte.

Er war sehr sanft zu ihr, und doch spürte Katrina das Feuer auf seinen Lippen.

Als sein Kuß heftiger wurde, der Druck seiner

Lippen sich verstärkte und fordernder wurde, erfaßte sie eine unbekannte, nie für möglich gehaltene Verzauberung. Es war, als ob ein überirdisches Licht ihren ganzen Körper durchflutete.

Und dann wußte sie: alles, was sie sich jemals ersehnt hatte, war in Erfüllung gegangen. Obwohl sie nie daran geglaubt hatte, daß es einmal Wirklichkeit werden würde.

Ihre Lippen waren weich, süß und unschuldig, doch der Duke stellte fest, daß sie sich ihm bedingungslos hingab.

Er legte die Arme um sie und preßte sie so fest an sich, daß sie kaum noch zu atmen vermochte.

Seine Küsse gaben Katrina das Gefühl, zu schweben. Der Himmel schien sich über ihr aufzutun, und die Erde mit allem, was sie geängstigt hatte, war vergessen.

Nach langer Zeit hob der Duke den Kopf.

»Wie ist es möglich, daß du mich so empfinden läßt?« fragte er. »Ich habe nie gewußt – und das ist die Wahrheit –, daß Liebe so wundervoll sein kann.«

»Ist... ist das dein Ernst?« flüsterte Katrina. »Ist das wirklich dein Ernst?«

Er nickte.

Ja, es war sein Ernst.

Er hatte Anastasia mit der Leidenschaft eines jungen Mannes geliebt, der dieses Gefühl zum ersten Mal erlebte.

Doch es war eine rein körperliche Reaktion gewesen.

Was er für Katrina fühlte, war völlig anders.

Sie war so jung, so unverdorben. Sie glich einer Blüte, die man mit Vorsicht behandeln mußte, wenn man sie nicht verletzen oder zerstören wollte.

Sie war das, was er immer zu finden gewünscht hatte – das wußte er nun ganz sicher. Sie war die Frau, die er als seine Gemahlin mit nach Lynd nehmen wollte.

Sie würde den Platz seiner Mutter ausfüllen und gleichzeitig ganz und gar ihm gehören.

Er erkannte plötzlich, warum sie sich von den anderen Frauen in seinem Leben so sehr unterschied.

Katrina war gut.

Es war ein altmodisches Wort, doch es traf auf sie genau zu. Gemessen an Katrina waren all seine sogenannten Geliebten vor ihr keine guten Frauen gewesen.

Was er nun in sich spürte, war die wahre Liebe.

Die Liebe, die er unbewußt immer und überall gesucht hatte und die ihn einmal vor aller Welt verkünden ließ, daß er niemals heiraten würde – nicht eher jedenfalls, bis er diese Liebe gefunden hatte.

Laut sagte er:

»Ich liebe dich. Und ich möchte diese Worte so lange wiederholen, bis du bereit bist, mir zu glauben.«

»Ich würde dir so gerne glauben«, sagte Katrina. »Aber als mir zum ersten Mal bewußt wurde, wie sehr ich dich liebe, begann ich zu glauben, du würdest mich niemals lieben können. Ich bin so unbedeutend, so unwichtig – verglichen mit deinen Freundinnen.«

»Du unterscheidest dich sehr von den Frauen, die du meine Freundinnen nennst«, erklärte der Duke. »Was ich für dich fühle, mein Schatz, ist eine Liebe, die – wie wir beide wissen, da wir beide im Fernen Osten gewesen sind – zeitlos und ewig ist.«

Er sah das Leuchten in ihren Augen und fuhr fort:

»Ich denke, daß wir beide uns schon einmal begegnet sind. In einem anderen Leben, lange bevor wir uns in diesem begegneten. Und wir schreiten miteinander weiter in die Ewigkeit, weil wir zusammen vollkommen sind und eine Einheit bilden, die nicht getrennt werden kann.«

Katrina seufzte glücklich, dann sagte sie:

»Wie sehr habe ich mir gewünscht, daß du so fühlen möchtest. Doch du bist so beeindrukkend, so großartig, daß ich fürchtete, ich könnte dir nie auch nur das Geringste bedeuten.«

»Für mich bist du der Mond, die Sonne und die Sterne – die ganze Welt«, antwortete der Duke leidenschaftlich.

Und wieder küßte er sie.

Seine Küsse waren wild, als wolle er nicht nur zum Ausdruck bringen, daß sie ihm gehörte, sondern daß er sie erobern, sie einnehmen wollte wie eine Festung. Als wollte er ihr klarmachen, daß sie nie an einen anderen Mann denken dürfte außer an ihn.

Erst als sie beide völlig atemlos waren, sagte er ein wenig unzusammenhängend:

»Aber nun, mein liebes Herz, müssen wir einige Dinge überlegen. Doch wenn du mich so anschaust, wie du es jetzt tust, vergesse ich alles, was wichtig ist. Ich habe nur noch den einen Wunsch, dich zu küssen.«

»Auch ich möchte nichts anderes mehr tun, als dich küssen«, antwortete Katrina. »Trotzdem bin ich neugierig auf das, was du mit mir überlegen willst – obwohl ich ein wenig Angst davor habe.«

»Angst?« sagte der Duke. »Du mußt keine Angst haben, vor nichts und niemandem. Was ich mit dir überlegen will, ist etwas, von dem ich hoffe, daß du es genauso sehr willst, wie ich. Nämlich, daß wir Mann und Frau werden. Der langen Rede kurzer Sinn: Ich möchte, daß wir heiraten, und das so schnell wie möglich.«

»Heiraten?«

»Dein Onkel und deine Tante lachen sich ins Fäustchen, weil sie glauben, mich in eine Lage gebracht zu haben, in der ich nicht anders kann, als dich zu heiraten.«

Der Duke lächelte.

In seiner Stimme war ein glücklicher Klang, als er fortfuhr:

»Wir haben beide den Wunsch, für immer zusammenzusein, doch ich bin sicher, du fühlst genau wie ich. Du möchtest auch nicht, daß außer uns beiden irgend jemand bei unserer Trauung zugegen ist.«

Katrina schlang die Arme um seinen Hals.

»Du denkst da an etwas so Wundervolles!« rief sie. »Ist es wirklich möglich, daß wir allein sind – ohne viele Menschen? Nur wir beide und Gott? Nein, auch Mama und Papa werden dabeisein – ich weiß es ganz sicher.«

»Ich dachte mir, daß du so denkst«, erwiderte der Duke. »Ich habe übrigens einen Vertrauten nach London gesandt, damit er mir eine Sondererlaubnis für die Hochzeit beschafft, die deine Tante so geschäftig arrangiert hat. Sie dachte dabei natürlich an die Kapelle auf Lynd. Aber wir werden ihnen ein Schnippchen schlagen. Wir werden in einer Kirche heiraten, die nur ein kleines Stück von hier entfernt liegt.«

Katrina hielt den Atem an.

»Nur du und – ich?«

»Nur wir beide.«

Sie bot ihm ihre Lippen zum Kuß dar – mit einem Ausdruck der Dankbarkeit in den Augen. Er küßte sie sehr sanft und zärtlich, bevor er sagte:

»Und dann, mein Liebstes, werden wir fortsein, noch bevor jemand eine Ahnung davon hat, was geschehen ist. Du wolltest davonlaufen und dich versteckt halten. Und ich glaube, das ist ein guter Einfall. Nur, daß ich eben entschlossen bin, dich zu begleiten, damit du nie mehr allein bist und dich niemals mehr fürchtest.«

Es war nicht notwendig, daß Katrina etwas darauf erwiderte.

Sie machte den Eindruck, als ob tausend Kerzen in ihr entzündet wären.

Auf ihrem Gesicht lag ein Leuchten, das ihm die Sprache verschlug.

Dann schien ihr etwas einzufallen, und sie sagte:

»Ich nehme an, du weißt, daß ich nichts anzuziehen habe bis auf dieses Nachtgewand – und das ist noch geliehen.«

Der Duke lachte, und sein Lachen hatte einen glücklichen Klang.

»Das ist etwas, an das ich bereits gedacht habe. Ich habe jemandem zum Haus deines Onkels gesandt. Er wird dort alles holen, was du nicht mit nach Lynd genommen hast.«

Er küßte ihre Stirn und fuhr fort:

»Ebenfalls habe ich Anweisung gegeben, daß man uns all deine Kleider, die sich auf Lynd befinden, nachsendet. Das wird mein Sekretär persönlich erledigen. Er ist der einzige, dem ich unseren augenblicklichen Aufenthalt verraten habe.«

»Das klingt alles sehr aufregend«, murmelte Katrina.

»Es wird noch aufregender werden, das verspreche ich dir«, antwortete der Duke. »Wir werden nämlich eine sehr lange Hochzeitsreise machen, mein Liebling.«

»Und wohin werden wir reisen?«

»Zu einem jener wundervollen Orte, die du liebst und an denen du mit deinen Eltern gewesen bist«, gab der Duke zur Antwort. »Nur werden wir uns diesmal etwas mehr Luxus erlauben.«

Er blickte sie an. Er wollte wissen, ob sie das glücklich machte. Dann sagte er:

»Ich denke, wir werden morgen früh nach Paris aufbrechen, wo ich dir einiges kaufen will, was du für deine Mitgift haben solltest. Und außerdem möchte ich meiner frisch angetrauten jungen Frau einige Geschenke machen.«

Katrina schmiegte sich noch enger an ihn. Er fuhr fort:

»Anschließend werden wir in Marseille meine Yacht vorfinden. Ich denke, ein Besuch Tunesiens, das ich auch noch nicht kenne, dürfte dich genauso erfreuen wie mich. Oder bist du schon einmal dort gewesen?«

Katrina schüttelte den Kopf und schenkte ihm ein entzücktes Lächeln.

»Danach könnten wir den Suezkanal hinunterfahren«, fuhr er fort. »Ich habe das Gefühl, daß der Ferne Osten auf uns beide eine große Faszination ausübt. Wir werden dort viele Dinge kennenlernen, die uns helfen und uns inspirieren werden, sobald wir wieder zurück sind und der Alltag unseres gemeinsamen Lebens beginnt.«

»Vielleicht sollte ich dich nicht von deinen Verpflichtungen abhalten«, flüsterte Katrina.

»Schließlich bist du eine sehr wichtige Persönlichkeit.«

»Meinen Verpflichtungen, wie du sie nennst, werde ich viel besser gerecht werden können, wenn wir zunächst einmal gemeinsam Kräfte dafür sammeln«, erwiderte der Duke fest. »Du wirst mich nach unserer Heimkehr tatkräftig und klug dabei unterstützen, mein Liebling. Vor allem wirst du mich im Guten bestärken und mir helfen, ein besserer Mensch zu sein als bisher. Ein besserer Mann und ein besserer Diener Ihrer Majestät und unseres Landes.«

»Ich hätte es mir nie auch nur im Traum einfallen lassen, daß du einmal so zu mir reden würdest!« rief Katrina aus. »Du weißt, wie sehr ich mir dies alles gewünscht habe.«

Sie preßte ihre Wange an seine Schulter und fuhr fort:

»Es ist nur schade, daß ich dir nicht helfen kann, König eines Landes zu werden, dessen Menschen unter deiner Herrschaft das glücklichste Volk der Erde sein würden.«

Der Duke lachte.

»Wir haben unser eigenes Land«, sagte er. »Und wenn es auch nicht sehr groß ist, es wird dennoch ein Land sein, wo die Liebe regiert. Wir könnten allen, die zu uns aufschauen, helfen, damit sie so glücklich sind wie wir.«

»Ich werde alles tun, um dich glücklich zu machen.«

»Was könnte leichter sein als das«, meinte der

Duke. »Alles, was du zu tun hast, ist, mich zu lieben – dann wirst du alles richtig machen.«

Er dachte bei sich selbst, wie eigenartig es war, daß er solche Dinge sagte.

Es war so ungewohnt und neu, und dennoch kamen diese Worte aus der Tiefe seines Herzens.

Er wußte, daß Katrina mit ihrem Einfühlungsvermögen und ihrem feinen Instinkt für das, was richtig und falsch war, ihm leuchten würde wie ein Stern.

Und er würde diesem Stern folgen wie die Weisen aus dem Morgenland dem Stern von Betlehem – sein ganzes Leben lang.

Doch weil sie so anschmiegsam, süß und liebenswert war, sagte er sich, daß er nicht nur an ihre Seele, sondern auch an ihr Herz denken sollte.

In wenigen Stunden würde sie seine Frau sein.

Er küßte sie, bis sich das Zimmer um die beiden zu drehen schien.

Und er spürte, wie eine kleine Flamme in Katrina aufzüngelte, die auf das Feuer, das in ihm brannte, antwortete.

Er wußte, sie die Freuden und Wonnen der Liebe zu lehren, würde das Aufregendste sein, was er jemals in seinem Leben getan hatte.

Mit fast übermenschlicher Anstrengung löste er seine Lippen von den ihren und sagte:

»Ich muß dich jetzt verlassen, meine süße kleine Frau in spe. Deine Kleider werden bald hier sein, und ich möchte, daß du bei unserer Hochzeit aussiehst wie eine Prinzessin aus dem Märchen.«

»Versprichst du mir, daß du nie von mir enttäuscht sein wirst?« fragte Katrina.

»Das ist etwas, das nie eintreten wird«, sagte er. »Du bist mein, Liebling. Du bist mein, und ich liebe dich!«

»Und ich liebe dich«, flüsterte sie. »Wie kann ich Gott jemals genug dafür danken, daß er uns einander begegnen ließ!«

»Dazu haben wir dieses Leben und die ganze Ewigkeit«, antwortete der Duke ruhig.

Romantik und Abenteuer im Zarenreich

Als Band mit der Bestellnummer 11906 erschien:

Als Schülerin eines Petersburger Mädchenpensionats lernt Anna Gregorij den Prinzen von Kumari kennen. Mit Billigung des Zaren heiraten sie, doch die Ehe wird nicht glücklich. Als Gregorij eines Tages spurlos verschwindet, bricht Anna voller Verzweiflung in seine von Kriegswirren erfüllte kaukasische Heimat auf, um ihn zu suchen …